放課後美術室

麻沢 奏

STARTS
スターツ出版株式会社

私には、色がない。人に言われたら、言われたとおり、その色になるだけ。自分の色じゃない。

それでもいいって思っていた。無駄にあがくことよりも、諦めたほうが傷つかないから。流れに任せたほうが楽だから。

でも、そんなことがどうでもよくなるくらいの衝撃。目に飛びこんできた色の洪水が、私を一瞬で虜《とりこ》にした。

〝無題　二年　桐谷《きりや》遥《はるか》〟

その絵の前で、私はどのくらい佇《たたず》んでいたんだろう。

目次

放課後美術室

【1】

一歩足を踏み入れた途端、油絵特有の匂いに迎えられた。奥には石膏像がいくつも並べられ、それぞれ違う方向を見ている。窓から射《さ》しこむ夕方の光を受けて、その堀の深い顔立ちは、濃い影を作っていた。

「あの――……」

誰もいない。この高校に入学して初めて入る美術室にひとり、私はキョロキョロとまわりを見渡しながら歩を進める。

美術部の人たちは、まだ誰も来ていないのだろうか。

ふと、室内のうしろの窓際を見ると、開かれたイーゼルにキャンバスが置かれていることに気付く。私は、なんとなく引きつけられるようにそちらへ足を向けた。

そのとき、カタン、と音がした。振り向くと、今入ってきた入り口から黒板をはさんで、もうひとつドアがあることに気付く。スライド式のそのドアは、半分ほど開いていた。

あ。人がいたんだ。

そう思った私は、何も考えずにそちらへ方向転換する。

「いいじゃん、フリーなんでしょ？　今」

「楽だよ、私。束縛とかしないからさ」

「ねぇ、聞いてんの？」

クスクスと、笑い声と一緒に聞こえてくる声は、すべてひとりの女のもの。

あれ？　これヤバイな。

そう思ったときには、すでにそのドアに手をかけ、美術準備室兼倉庫になっているらしいその部屋の中を見たあとだった。

「面倒」

「ズルーイ、もう」

部屋の一番奥。大小様々な古いキャンバスがいくつも立て掛けられている、せまいスペースの間。そこに椅子に座る男と、その彼に覆いかぶさるように抱きついている女がいた。

うしろ姿しか見えないショートボブの彼女は、彼の首に腕を回して身体をめいっぱい密着させている。色素の薄いねこっ毛の彼は、されるがまま、こちらを見て……。

「…………」

え？　うわ。目が合った。

少したれた、気だるそうな目。ドアも口も半開きのままで硬直していた私は、逃げようとすれば逃げられたはずだったのに、微動だにできずにその目に縛られた。彼女のほうは気付いていない。

そして次の瞬間。

「……やらしー」

彼はほんのわずかに片方の口角をあげて、そう言った。

「……っ」

その言葉でようやく石化を解かれたかのように、私は二、三歩あとずさってから入り口の方へと引き返した。いまだクスクス笑っている彼女には気付かれないように、足音を忍ばせて、走らないようにして。

「は――――っ」

美術室を出て、いくらか離れると、ようやく大きく息を吐き出す。そして、やらしいのはどっちだ！　と心のなかで毒づき、早歩きを続けた。

赤い上履きの色で、ふたりとも三年生だとわかった。三年だったら好き放題していいとでも思っているのだろうか。ていうか、高校生ってこういうのが普通なの？　ありえない。

まだ履き慣れない緑の固い上履きを外履きのスニーカーに履き替え、私は昇降口を出た。そして、春のぬるい風を切って高校前のバス停へと向かう。歩きながら、目に焼き付いてしまったさっきの光景と彼の言葉を、頭の隅へ無理やり追いやった。

塾、ちょっとはやく着いちゃうけど、これといってすることもないから、次のバスに乗っていこう。

校門を通りすぎてバス停へと曲がる直前、校舎の方を振り返る。視線の先は、美術室だ。

明日なら……会えるだろうか？

「今回の模試は、私たちがキミたちの実力を知るため、キミたちが自分の実力を知るため、そして高校入試を終えたことで気が緩《ゆる》んでいないかを見るためです。高校生になった今、すでに大学入試へのカウントダウンが……」

高校と家の間、バスで十分の距離にある集団形式の塾。入塾テストで上から二番目のクラスに入った私は、頬杖をつくことさえためらわれる空気の中、返ってきた答案用紙に目を落とす。

「〝頑張る〟ことよりも〝頑張り続ける〟ことができる精神力を……」

講師の話が右耳から左耳へと流れていく。たしか、中学のときに三年間通っていた塾でも同じことを言われた。

約三十人のクラス、まわりを見ると、講師の話に感化されて目を輝かせている人もいれば、苦い表情で答案用紙とにらめっこしている人、そして私みたいに無表情な人。

勉強が大事なのはよくわかる。でも、またこれから今までとなんら変わりのない三年間が始まるんだと思うと、吐いた息が鉛のように重たく感じられた。

放課後の美術室で聞いた、甘ったるくて楽しそうな女の先輩の声が頭によみがえる。

「…………」

高校生になったからって、彼女たちと私とでは、見える景色もその色味も違うのだろう。私には、なんのかかわりもない世界だ。


「お帰りなさい」

塾から帰ると、お母さんが玄関で出迎えた。お父さんは単身赴任でもう何年もいないし、お姉ちゃんはこの春、県外の大学に通うためにひとり暮らしを始めた。だから、今この家には私とお母さんのふたりきり。

「……ただいま」

私は靴を脱ぎ、お母さんと合わせた目をすぐに伏せて家にあがった。聞かれることがわかっていたからだ。

「どうだった？　塾のテスト、今日返ってきたんでしょ？」

ほら。私が言わなくても知っている。同じ塾に通う三軒隣の渡辺《わたなべ》さんちのお母さんから聞いたんだ。

「あー……、うん。はい」

結局、返された答案用紙を全部差しだす。もう高校生だというのに、お母さんは当たり前のようにすべての答案用紙に目を通す。

「……んー、やっぱり英語が足を引っぱってるのね。あら、この数学の点数もどういうこと?」

始まった。帰ってきたばかりなのに、玄関で勉強の説教は勘弁してほしい。私は心のなかでため息をつく。

「お母さんはね、お父さんと約束したのよ。お姉ちゃんも沙希《さき》も、ちゃんと育てるって。お姉ちゃんも頑張ったんだから、沙希もできるわよね? 大学受験の準備は三年生からじゃないわよ。一年からすでに始まってるんだから」

もう耳にタコができるくらい聞かされた言葉に、「はい」と表情もなく返事をして、私は奥の自分の部屋へ向かった。

〝ちゃんと育てる〟って何よ? いい大学に行かせること? お父さんとお母さんの顔に泥を塗らないようにすること?

心のなかのぼやきを、表に出すことはない。言ったところで何も変わらないから。

世間体を気にする親戚。女でもいい大学に行かせるのが当たり前だと思っている両親。進路にしても塾に通うことにしても、私の意見なんて二の次だ。それに、小さい頃から出来のいいお姉ちゃんと比べられることに慣れてしまった私は、諦めが先に立つ癖がついてしまっている。

部屋に入り、私は口に出せない胸のなかのモヤモヤを、ため息とともに思いきり吐き出す。そして目を閉じ、あの絵を頭に思い浮かべた。

〝無題　二年　桐谷遥〟

中学三年生のとき、お姉ちゃんの友達が入選したから、という理由で一緒に連れていかれた高校美展。そこでひと際異彩を放っていた抽象画。たくさんの淡い色の四角や丸、ペインティングナイフで削ぎ落とされている部分があったり、絵の具を重ねてザラザラ、でこぼこしている部分があったりと、何を描いているのかわからない、〝無題〟というタイトルがしっくりくる作品。

でも、私はそのとき、その場から動けなかった。面食らったんだ。色彩が光を放つ錯覚に。なんの枠にもしがらみにもとらわれていない自由さに。

あの瞬間、あの絵は、たしかに私を解放してくれた。以来、気持ちが重くなると、目を閉じてその絵を思い浮かべるようになっていた。

「桐谷、遥……さん」

閉じていた目を開けて、憧れの人の名前を呼んでみる。

あの日、お母さんに言われるがまま、お姉ちゃんと同じ高校に進学することに、初めて小さなメリットが生まれた。

この人の絵をもっと見てみたい。この人がどんな人なのか見てみたい、って。

「あー、ヤバイ。今日当たるわ、英語の訳」

「はい、いいよ。ノート貸してあげる」

「わ。さすが沙希様」

まるで国王からの褒美をもらうようなポーズでノートを受け取るのは、友人の涼子《りょうこ》。

中学が同じで、三年のときに同じクラスになって以来の仲の彼女は、サバサバしていてひょうきんで、誰からも愛されるキャラだ。

「ていうかさ、さっきの話の続きだけど、その抱きあってた三年の話、もっとちょうだいよ」

「だから、すぐに引き返したんだって。なんで聞きたいのよ？」

「だーって、うらやましいじゃん。あー、彼氏欲しー。男に抱きつきたーい」

「涼子、男友達とたわむれてるじゃん」

「そんなプロレスまがいなのじゃなくて、抱擁《ほうよう》よ。愛の抱擁」

私のノートを写しながら、男女交際について熱く語りだす涼子。

昨日のあれは、愛の抱擁なんて感じじゃなかったと思うのだけど。

「彼氏かー。私にはできる気がしないな」

まるで他人事のように言うと、

「沙希はまず、その無表情を治すのが先」

と、頭に軽いチョップを食らう。直後に、「あ、無意識にダジャレになった」と吹き出す涼子。

「好きで無表情なわけじゃないよ」

感情を表に出すのが苦手なだけだ。笑顔を作るのも得意じゃない。

「わりと可愛いんだからさー、もったいないよ。どうせ、その三年のニャンニャンタイムを目撃しても、表情ひとつ崩さなかったんでしょ？」

「眉毛《まゆげ》はピクリとしたと思うよ」

「キャッとか言って頰《ほほ》染めてこそ女の子でしょ」

「涼子だってそんなことしないくせに」

「ハハッ。〝うわーっ〟て叫びそう」

涼子は屈託のない顔で豪快に笑う。

「……で？　今日も美術室寄ってみるの？　憧れのなんとかハルカ嬢を拝みに」

「うん。そうしようと思ってる」

そうだ。私にとっては、恋愛よりもまず、それが先にすることだ。

「新入生だよね？　仮入部？」

背後からの声に思わず肩をあげる。美術室の中を覗《のぞ》きこみ、何人かいるのを確認した途端、急に声をかけられたから。

「いえ、あの……」

振り返ると、とても人のよさそうな三年生の男子がニコニコと微笑んでいた。

「よかった。実はまだひとりも来てくれてなくてさ、一年生。正直さみしかったんだよね。あ、僕、部長の平山《ひらやま》です」

よろしく、と付け加えて、肩に手を添えながら、ずいずいと美術室の中へ私を押していく部長さん。

ん？　え？　あれ？

「一年生第一号、やっと来たよー。えっと、名前は……」

声を張る彼と、瞬時にこちらを注目した部員さんたちを交互に二度見して、え？え？　と慌てる。

ヤバい。誤解されている。

そう確信するも、嬉しそうな部長さんと歓迎ムード満載の部員さんたちを見て、「違います」とは非常に言いづらい状況を悟る。

「あ……の……、み、水島《みずしま》沙希です。よろしくお願いします」

……あぁ、そんなつもりじゃなかったけれど、言ってしまった。

表情が乏《とぼ》しいなりにも、無理して笑顔を作って頭をさげると、少ない人数のまばらな、でも温かい拍手を受ける。

　絵は見るのも描くのも苦手なわけではないし、むしろ好きなほうだから、べつに入部してもかまわないといえば、かまわない。選択授業も美術を選んでいるから、基本的な画材もある。でも、毎日塾だから、三十分くらいしか部活に顔を出せないことになるけれど。

「………………」

……まぁ、いいか。籍だけ置いている幽霊部員とかもいるだろうし、三十分活動するだけでも十分だろう。いざとなれば仮入部なんだから正式に入部する必要もないし。なにより、桐谷遥さんとお近付きになれるかも……。

　私はそう思って、再度頭を控えめにさげた。


「水島ちゃんて、中学のときも美術部だったの？」

　部長に、とりあえず石膏デッサンでも、と言われ、二年の先輩から書き方を教わる。私よりも少し小さく、見るからに人がよさそうなその女の先輩は、〝まりちゃん〟と部長に呼ばれていた。

「いえ」

「じゃあ、何部？」

「帰宅部です。塾があったので……」

そうなんだ、と笑って返すまり先輩。

「でも、なんか上手だね。初心者っぽくない」

「そうですか？」

ハハ、と笑顔を返したけれど、たぶん美術部につなぎ止めたくて言ってるのだろうな、と心のなかで思った。だって、ぜんぜんうまく描けていない。難しすぎる。

まわりを見ると、みんな各々《おのおの》で好きなことをやっているという感じだった。私のイメージでは、全員黙々とデッサンか油絵を描いているイメージだったけれど、ノートにマンガのような絵を描いていたり、ふたりで笑いながらひとつのデザイン画の色を塗っていたりと、思っていたよりアバウトでわきあいあいとしている。

「この美術部はさ、基本、自由なんだ。今日みたいに、油絵描いてる人もいれば、デザインとかイラストやってる人もいるし。写真撮ったり漫画描いたりしてる人もいるよ。みんな仲がいいから、たまに課外活動と称して外に出ることもあるし。まぁ、美展に出すときには本腰入れるけど、その日その日でそれぞれ好き勝手やってる。水島ちゃんもやりたいことあったら言ってね」

「あ……、はい」

もしかして、昨日はみんな一緒に外に出ていたのかな。そして、美術準備室を私有化していたあの男女の生徒は、美術部の人たちが外出していることを知っていてあんなことをしていたのだろうか。

……いずれにしろ、最低なのには変わりないけれど。

「部員って、何人くらいいるんですか？」

「うーん、十五人くらいはいるはずなんだけどね、実際ちゃんと顔出してるのは今日来てる八人くらいかな」

……やっぱり幽霊部員が多いんだ。それより、この中に桐谷遥さんはいるんだろうか。

三年の女子は、スリッパの色を見る限りふたりいる。でも、ひとりは写実的なポスターに色をつけていて、もうひとりはなぜか本を読んでいるから判断しようがない。

……にしても、ホント、自由だな。

「それでね、私的にはね、ヘルメスよりこっちのマルスのほうが好きなんだー。この方向からの光の当たり方がめちゃくちゃかっこよくてね、それで……」

いつの間にかマニアックな石膏像話に花を咲かせているまり先輩。ハッとした私は時計を見て、

「先輩、すみません、時間が……」

と、申し訳ない気持ちで切りだす。

「あ、そっかー。そうだったね。ごめんごめん」

頭をかいて笑う先輩。私は道具を片付けながら、やっぱり三十分って無理があるかもな、と思った。

美術室の一番奥の、石膏像がいくつも並んでいるところへイーゼルを運ぶ。棚には、選択授業で美術を取っている人や、美術部員のものであろう画材が、所せましと並んでいた。

私はとっさに、その中に「桐谷遥」の名前を探そうとする。でも、バスの時間がもうすぐだということを思い出し、また明日にしようと踵《きびす》を返した。

「あ」

その瞬間、目に飛びこんできたのは、黄色。描きかけであろうそのキャンバスは、美術室のうしろの方で、イーゼルに置かれたまま、私の視界を独占した。振り返ったすぐそこにあったのだ。

「…………」

鮮やかな黄色のグラデーション。ところどころ白が混ざっていて、ペインティングナイフでつけられたのであろう縦に伸びる直線が何本かアクセントになっている。色がいくつも重ねられて厚みを持ったところには特徴的な模様みたいなものもあり、繊細さと大胆さを両方持っているその絵は、光とか自由を連想させた。

すぐにわかった。この絵は……。

「桐谷……さん、の？」

バスの時間が迫っている。けれども、私はどうしても確認したくて、まり先輩に小走りで駆け寄った。

「あの、うしろにあるあの絵、桐谷……桐谷遥さんのですか？」

「え？　あ、あぁ。そうだよ、桐谷先輩の。知ってるんだ？」

軽く驚いて聞き返してきた先輩に、やっぱり、と興奮してしまった私は、おのずと頬が緩む。

「はい。知ってます！　美術部なんですよね？　今日は来てないんですか？」

「うん、たまにしか来ないからねぇ」

「そうなんですか」

もっといろいろ聞きたいと思うけれど、このままでは塾に遅れてしまう。私は、うしろ髪を引かれながらも、「ありがとうございました」と頭をさげて、早足で美術室を出た。

あった！　あった、桐谷さんの絵。ていうか、いた！　実在したんだ！

当たり前のことに、胸が高鳴る。まるで憧れの芸能人の足取りをつかんだかのような昂揚感《こうようかん》を覚えながら、私は靴箱へと向かった。

頬を緩ませながらスニーカーを出していると、カタン、と他の列の靴箱を開ける音がした。中途半端な時間の放課後、自分以外にいなかった靴箱で、その音はやたら大きく聞こえた。

「あ」

数秒後、私がいる靴箱の棚と棚の間を横切る生徒の姿を目にした瞬間、思わず声が出た。出してしまってから口を押さえたけれど、静かなこの空間では、こんな小さな声さえ響いてしまう。

「……?」

ふいにこちらを向いたのは、気だるそうな奥二重のややたれ目。緩いパーマがかかっているかのような襟足にかかるねこっ毛、中性的な顔が少し色気を感じさせるような、細身の……。

「……あぁ」

片足は上履き、片足はスニーカーのまま佇んでいる私を見て、彼が魚みたいに口を開け、思い出したような声を出す。

「昨日覗いてた人」

「…………」

いいえ、違います、とは言えなかった。見るつもりはなかったにしても、覗いてしまったのは事実だから。

「何？」

と聞かれ、

「いえ、何も……」

と答える。

あ、と言ってしまったのはこっちだけど、とくに話すことはない。謝るのも、なんだか癪《しゃく》だった。

私はふいっと顔を背けて、何事もなかったかのように装い、もう片方もスニーカーに履き替える。昨日、女の人の肩から顔を覗かせてこちらを見た彼の視線を思い出し、なんだか胸がザワザワした。

キュッとスリッパの音。もう一度彼がいたところを見ると、彼は歩きだして視界から消えたところだった。校舎の中に入っていくところを見ると、今まで外にいたということなんだろう。

なんとなく不思議な人だな、と思ってそのままそちらを見ていると、ヒラリと何かが舞って落ちるのが目に入る。

「あ」

再度声を出してしまい、棚の間を抜けてとっさにそれを拾う。落とし物だと思ったそれは、黄緑色が鮮やかな葉っぱだった。

「………」

べつに慌てて拾わなくてもよかったな、なんて思いながらかがんだ身体を起こし、ふっと顔をあげると、また私が言ってしまった「あ」に反応したらしい彼が、数メートル先で立ち止まってこちらを見ていた。

三秒ほど、見つめあいながらの沈黙。肩上の長さの黒髪が、昇降口から入る風でさらりと左に揺れる。

「落とし物かと思って……これ」

なんかいちいちタイミング悪いな、と思いながらぼそりとそう言って、右手で葉っぱを掲げながら彼に見せる。

「あぁ」

体半分で振り返りこちらを見ている彼は、表情ひとつ変えずにポケットに手をつっこんだ。そして、抜き出した手をおもむろに開き、手のひらいっぱいの黄緑たちをこちらへ見せる。

「いいよ。一枚くらいあげる」

「え?」

何?　なんでそんなにいっぱい持って……。

「じゃーね」

「…………」

気だるそうに首をコキコキさせて、その三年生は角を曲がって消えた。私はぽつんと佇み、なんだ？　あの人、と思った。

指先に目を落とし、葉の柄をクルクルと回す。やわらかい葉。これは、桜の葉っぱだ。

「あげるって言われても……」

……いらないし。

「って、バス……」

私は慌ててその葉っぱをポケットに入れ、バス停へと走った。

「うわ。無表情に磨きがかかってる」

「意味がわかんないし、それ」

昼休み。涼子とお弁当を一緒に食べようと、机をくっつける。

「何？　まだ見れないの？　ハルカ嬢」

「うん」

そうなのだ。あれから毎日美術部に通っているけれど、ぜんぜん桐谷さんに会えない。三十分しかいられないから、仕方ないといえば仕方ないのだけれど。

「絵が描き進められていたから、私が帰ってから来てるみたいなんだけど」

「ふーん」

「あんまり興味ないでしょ？」

「うん」

正直な涼子の頭を小突くと、涼子は笑って「イテッ」と頭を押さえた。

「ていうかさ、そんなに会いたいんだったら、一日くらい塾サボって最後まで美術室にいたら？」

「え？」

ようやくお弁当箱を開いて、まずはウィンナーから、と箸ではさんだ途端、スルッと落ちる。

その発想はなかった。でも……。

「うーん……」

頭の中にお母さんの顔がよぎった。……怒った顔の。

放課後、美術室。結局、いつものとおり三十分だけ絵を描いて帰ることにした。もうそろそろ帰り支度をしようかと手を止めて、窓の外をゆっくり動く雲をながめる。

お母さんに内緒で部活に仮入部したことすら罪悪感を持っているのに、塾を勝手に休むなんて……。

目を閉じ、指で眉間のしわをほぐしながら、お母さんの幻滅顔を思い浮かべる。中学入試を失敗したときの、あの憐《あわれ》みとも呆《あき》れとも取れる顔。なんでこの子はお姉ちゃんと違って出来が悪いんだろう、って言わんばかりの顔が頭によみがえり、心が重くなってくる。

「…………」

そうだ、桐谷さんの生の絵を拝みにいこう。気分をリフレッシュさせてもらおう。

そう思って、考える人ポーズをようやく崩し、目を開けた瞬間。

「薄……」

え？

背後から、ぼそりと声が聞こえた。

「影、もっと濃くしないと、光が当たってるとこ際立たない」

振り返ると、夕方のオレンジ色の光を受けた、見覚えのある気だるげな男。首のうしろを手で押さえて、頭を軽く傾けている。

「え……？」

何？　もしかしてこの人……美術部……だったの？

「あ」

校内でいかがわしいことをしていた葉っぱ男を目の前に言葉をなくしていると、私の顔を見て思い出したらしい彼が、口をゆっくりと開ける。

「よく会うね、あんた」

「水島です」

「水島さん」

ふ、と彼が笑った。光に透けて少し茶色っぽく見えるやわらかそうな髪、女の子もうらやむだろうきれいな肌、ひとつひとつの動作がスローな彼は、この美術室であきらかに浮いている。

「まぁ、頑張って」

まるで心のこもっていない言葉をかけて、ふいっと離れる葉っぱ男。いまだに驚いたまま固まる私は、彼が右手に持っているものを見て、さらに不可解な気持ちになる。

なんでビン？

フタの開いた、ジャムか何かの空のビンを手にブラブラ提げているうしろ姿。彼を凝視しながら、私の眉間のしわは深くなる。

「…………」

そのとき、一瞬嫌な予感がした。彼が、私の憧れの人の絵の前で立ち止まったから。

そして、ビンのふちをぼんやりながめていたかと思うと、その手をゆっくりとあげたからだ。

「え？」

もしかして……。

「あぁっ！」

やっぱり！

思わず声が出る。彼は、ためらいもせずに桐谷さんの絵にビンを押しつけた。

なんてことを！

気付けば、ガタン、と椅子の音とともに立ちあがり、彼のところへ走っていた。

信じられない！　怪しいとは思っていたけど、まさか本当にこんなことをする人だとは！

注目されているのもなんのその、いつもはこんなに感情を表に出すことはない私は、ぐいっと勢いよく彼の腕を引き、

「何してるんですかっ⁉　バカじゃないのっ？」

と、先輩にもかかわらず怒鳴《どな》りつけた。

美術室が一時、シーンとなる。強く腕を引いたせいでバランスを崩した彼の肩が、私の顔にかすかに触れた。

「……何って、スタンピング」

驚いた顔から元の顔に戻った彼は、その顔をゆっくりとこちらに向けて、淡々とそう答えた。

スタンピング？

「そうじゃなくて、なんで人の絵にこんなことっ」

「人の絵？」

「桐谷さんの絵でしょ!?」

「そうだよ」

「私の憧れの人なんです！　その人の絵にひどいことしないでくださいっ！」

彼の腕をつかむ力を一層強めて揺さぶる。そして、またその場が静まりかえった。

うしろに並ぶ石膏像や飾られた絵画からも注目を浴びているようだ。

沈黙を破ったのは、「ハ」という、息を小さく吐いたような笑い声。そしてほんの少し口角をあげたまま、ゆっくり瞬《まばた》きをしてこちらを見た葉っぱ男。私の手をそっと剥がした。

「……？」

あれ？　何か、おかしい。まわりのみんなも、なんだか少し笑って……。

「どーも」

そう言って彼が桐谷さんの絵の前の椅子に座ると、美術室の空気が動きだし、みんなそれぞれの活動を再開する。まり先輩は、何か言いたげな表情でこちらを見ている。

「ど……〝どーも〟って、だから……」

私は自分だけアウェーな感じにまわりをキョロキョロしながら、なおもどいてくれない葉っぱ男を怪訝《けげん》な顔で見る。

「この前の葉っぱ、ここに使った」

「え？」

彼が、桐谷さんの絵の中の独特な模様の部分を指さす。私はそれを前傾姿勢で凝視する。

「桐谷先ぱーい。外で人が待ってます。話がしたいって」

「あー。はい」

美術部員の声に振り返り、首の付け根を押さえ、だるそうに返事をする葉っぱ男。

私も振り返ると、美術室の入り口から覗いている髪の短いきれいな女の人が見えた。

この前イチャついてた人だと確信した。

……ていうか……。

「は？」

この人、今、なんて呼ばれた？

「桐谷先輩……て、呼ばれたのに、なんで……」

もしかして、もしかしなくても、と目で訴える私に、

「はーい」

と、無表情のくせに首を可愛くかしげながら小さく挙手する葉っぱ男。すっと立ちあがり、入り口へと歩いていく。私は、彼のうしろ姿を穴があくほど見ながら、ポカンと立ちすくむ。

「………」

あー、はいはい。いるもんね、男で『はるか』って名前の人も。

そっか、……そっか。彼が……桐谷……。

「わっ、大丈夫？　水島ちゃん」

少しふらついたところを、近寄ってきていたまり先輩が支えてくれる。

「大丈夫じゃ……ないかもです」

そう言いながら横目で見た桐谷先輩の絵は、ビンのふちを押し当てたところがアクセントになっていて、やっぱり素敵なことに変わりはなかった。

「それより水島ちゃん、バスの時間……」

私は力なく掛け時計を見上げる。

「……過ぎてますね」

一番うしろから二番目の左端の席、バスの車窓にコツリと頭を預け、ぼんやりと外の流れる景色をながめる。

いつも塾へ行くために夕方はやい時間に乗るから、六時台のバスに乗るのは初めてだ。外は薄暗く、車内は控えめな明かりが灯る中、三分の一は学生の乗客たちが、振動に合わせて同じように揺れている。

今日のデッサンは、あれからほとんど進まなかった。ショックから立ち直れなかったのだ。

たしかに桐谷さんを女だと勝手に思いこんでいたのは私だ。プラス、芯があって凛とした美少女を想像していたのも、これまた私に他ならない。それが、チャラくて何を考えているかわからないような男だったからといって、誰も責められない。

幻滅って思っちゃいけない。意外だった。うん、そう、意外だっただけで、作品自体には罪がないんだから。本当にすばらしいんだから、うん。

そう自己暗示しながら、目頭《めがしら》を押さえ、しばらく考える人ポーズを続けた。

「だから、すごいんだって！　超レアキャラで」

「マジ!?　ちょっと見せろよ」

私は、目頭を押さえたまま、ため息をつく。私の席のうしろ、段差のある一番奥の席に四人で座っている男子生徒たちが、おそらくゲームの話で盛りあがっている。それは、べつにいいんだけど……。

「うわ、マジだ。すげー。ほら、遥も見てみろよ」

「んー……」

すぐ背後で興味があるのかないのかわからない声。一番小さなその声が、私には一番耳に響いた。今日、なにかと縁がある男。そう、桐谷遥の声だから。

「………」

初めてこの時間のバスに乗るから知らなかったけれど、帰る方向が同じだったらしく、しかもバス通学みたいだ。朝のバスでも一緒にならないから、登校時間が違うんだろう。

「って、おい。また寝てるし、遥」

「大丈夫だろ、コイツ終点で降りるんだし」

彼の男友達が大きな声で話しているから、会話が筒抜けだ。

終点って……もしかしたら私と家が近いのかもしれない。私の家は、終点のバス停と目と鼻の先だから。まぁ、でも、今日私が降りるのは終点のひとつ手前だけど。

十五分ほどすると、バスの乗客もほとんど降り、すっかり車内も静かになった。あと停留所三つで終点だからだ。夜七時になり、外もだいぶ薄暗くなっている。私は外の暗さと車内の明かりのせいで鏡みたいになっている窓を見て、気にしたくないのにうしろの席の気配を意識していた。

「水島さん」

ビクリと肩が強張る。寝ていたと言っていたはずの人の声に、全神経が背中に集中したかのようになり、顔半分で振り返った。

「合ってるんなら返事しようよ」

「はい」

もう少し顔をひねり、盗み見るようにチラリと彼を見て、返事をかぶせる。

「続くね、偶然」

「そうですね」

「偶然?」

「偶然です」

「そう」

フッと軽く吹き出す声。〝憧れの人〟発言をしたから、ストーカーの疑いでもかけられていたのだろうか。嫌な言い方をする男だ。

「家、こっちなんですね」

「うん、三丁目」

「えっ、私二丁目」

やはり近くに住んでいたんだ。世間はせまい。

普通に座りながら話す桐谷先輩に、顔だけ窓の方を向けながら話す私。あの〝桐谷遥〟とこんな風に話をすることになるとは思わなかった。というか、いまだに気持ちが追いつかず、私の中の〝桐谷遥〟と、うしろの席の〝桐谷遥〟が合致しない。カーブの多い道で身体が斜めになりながら、窓に映る気難しい顔の私が目に入った。

「水島さんさ、俺のファンなの？」

「…………」

来た。絶対聞かれると思っていた。

「えー……っと、正しくは、桐谷先輩の作品のファンです」

本当は〝桐谷遥〟自体のファンにもなっていた。あんな絵を描ける人なんだから、すばらしい感性と人格も持っているんだろうと、勝手に妄想を膨らませて崇《あが》めていた。

「なんで知ってんの？　俺の作品」

ギッ、と背を預けているシートが音を立てた。桐谷先輩が、私の背もたれに交差した腕を乗っけて、こちらに身を乗りだしたからだ。私は、男の人との慣れない近さに顔をパッと戻し、

「……中三のとき、美展で見て……」

と、正直に答える。

「はい。すみません、勝手に」

「ハ」

謝るんだ、そこ、と続けて、短く笑う桐谷先輩。無愛想かと思えば、無防備な笑顔をさらすこの男を、盗み見してはまたすぐに視線を戻す。

女の人がほっとかないのがわかる。この独特な雰囲気と些細な表情の変化に振り回される。このタイプはたぶん、タチが悪い。

「失礼ですけど、美術部って感じじゃないですね」

窓の方を見ながらそう言うと、

「よく言われる」

と、乗っけている肘《ひじ》の片方を立て、頭を預けながら答える桐谷先輩が窓に映る。

あ、わかった。この人をまだ〝桐谷遥〟だって受け入れられないのは、彼が絵を描いているところをちゃんと見ていないからだ。

彼は今日、あのショートボブの女の先輩に呼ばれて、そのまま美術室には帰ってこなかった。ビンを押しつけたところを見ただけじゃ、まだ腑《ふ》に落ちていないんだ、私。

「あ、押し忘れてた。次だ」

窓の外の景色にハッと気付き、慌てて降車ボタンを押す。チャイムの音が車内に響
「あー、美展か」

き、運転手が「次、停まります」とマイクで言った。

「降りるの終点じゃないの？　二丁目でしょ？」

　終点のひとつ前でボタンを押したことに、当然の疑問を持ったらしい桐谷先輩。私は無言を決めこむ。

「何？　ワケあり？」

「……塾、を」

「え？」

「平日は毎日七時まで塾なんですけど、今日バスに乗り遅れて休んじゃって」

　用事があるとか言って適当にごまかせばよかったんだけれど、私はバカ正直に答える。

「塾通ってんだ？」

「はい。いつも帰るの七時半だけど、このまま終点で降りちゃったら、うちの家すぐ近くだからはやく着きすぎちゃうし、お母さんに見つかって怒られるかもしれないし。だから、ひとつ前で降りて歩いて帰れば、ちょうどいい時間になっていいかな……って」

「ハ。なんか、小学生みたいなことするんだね」

「…………」

やっぱり言わなければよかった。こっちは真剣に考えてのことなのに、バカにされているような気がして。なにより、今日塾を休んだ理由の〝桐谷遥〟本人にそんなことを言われたくなかった。

「じゃ、降りるんで」

ちょうどバス停で止まったので、少しぶっきらぼうにそう言って席を立つ。

「水島さん」

引き止められた言葉に振り返ると、私の座席の背もたれに両腕をかけたままの桐谷先輩を、今度は少し見下ろす構図になる。彼は視線をあげてそのまま右手を伸ばし、私の目の下に軽く触れた。

「ここ、黒くなってる。デッサンしてたときからずっと」

「…………」

「お客さん、降りないんですかー？」

運転手さんの声に、棒立ちになっていた私は慌てて、

「降ります！」

と言って、乗降口へ急いだ。

バスから降りて、プシューッという音とともにドアが閉まるのを背中で聞く。数秒固まったままだったけれど、ハッと我に返り、バッグから手鏡を取り出して、さっき

桐谷先輩に触れられた部分を見た。……たしかに、右目の下に鉛筆の芯の色がついている。

私はそこを手の甲でぬぐい、

「……ん？」

と、眉間にしわを寄せる。

『デッサンしてたときからずっと』……ということは、バスに乗って話していた間ずっとついていたということで……。

「……性格悪……」

私はそうつぶやいて口を尖らせ、またゴシゴシとそこをこすった。

「どう？　学校は」

向かいあわせでテーブルをはさみ、お母さんとふたりで夕食。カチャ、とお箸が皿に当たる音が際立つのは、食事中にはテレビをつけないことになっているから。

「べつに……普通だけど」

「普通って。なにかしらあるでしょ、毎日同じじゃないんだから」

なにかしら……ありました、たしかに。でも、言えません、お母さんには。

「じゃあ、塾はどうだった？」

お母さんに内緒で休んだ罪悪感でほんの少しドキッとした私は、それを気取られないように、

「普通」

と答え、お味噌汁をすすった。お母さんはあからさまに不満げな顔をして、これみよがしにため息をつく。

「お姉ちゃんはいろいろ話してくれてたのに」

ほら、でた、二言目には〝お姉ちゃん〟。お姉ちゃんは生徒会とかやってたし、友達も多かったから、日々の話題に事欠かなかった。

「勉強にはついていけてる?」

「……たぶん」

「〝たぶん〟て、なんのために塾に通わせていると……」

「ごちそうさま」

長くなりそうだったから、箸を置いて立ちあがる。そして空になった皿を重ねてシンクに置き、そのまま自分の部屋へと向かった。

今日、無断で塾を休んだうしろめたさもあったけれど、それ以上に、私はやっぱりお母さんとの会話が億劫《おっくう》だった。

実は美術部に仮入部中なんだ。今日、中学時代からの憧れの人に会ったんだ。それ

が実は男で、ものすごく驚いたんだ。バスも一緒で、私にしては珍しく男の人と結構会話したんだ。

そんな話、できない。私の成績と内申にしか興味のないお母さんには。

【2】

「おー、いいね。初心者でこんだけ描けたらすごいよ」

数日間、毎日三十分の積み重ねでようやく完成した私の石膏デッサン。それを見ながら、美術部部長の平山先輩が感心した声を出す。

「水島ちゃん、うまいうまい」

その横で小さく手をパチパチしているのは、まり先輩。

「いえ、なんか鼻が歪んでますし……」

「そんなの遠くから見たらわかんないわよ」

まり先輩の言葉に、「そうそう」とにこやかにうなずく平山部長。一年で仮入部中なのは、いまだに私だけ。彼らは、私を正式入部させるために必死だ。

「とりあえず手始めにデッサンしてもらったけどさ、次、なんでもしていいよ。何かある？　したいこと」

ゆるいなー、この部活、と思いながらも、まわりを見渡しながら考える。したいこと……したいこと……。

いくつか出されている石膏像、机に出されたパレット、絵筆、絵の具、黒板に飾られているデザイン画、水彩画、油絵、棚で乾燥させられているキャンバスの数々、重ねて立て掛けられているイーゼル。

そして最終的に目に留まったものは……。

「……あ」

うしろの方にある、イーゼルにかけられたままの桐谷遥のキャンバス。あれから一週間会っていない彼の絵は、大小様々なビンのふちが押し当てられていて、色も少しずつ変化しており、雰囲気がまた変わっていた。やはり、私がいない時間帯に進められているみたいだ。

「油絵を……やってみたいです」

気付けば、そう言っていた。少し驚いた表情を見せた部長は、すぐに笑顔になって、

「お。油絵なら任せて。基本は僕が教えるよ」

と言った。

油絵の画材一式についての説明が終わった頃には、すでに二十分が経過していた。

そのあと、モチーフはどうしようか、なんて部長と話していたとき、カラカラカラ、と美術室のドアが開く。

「こんにちはー」

すぐ近くに座って果物のデザイン画を描いていた二年の女子が、緊張気味に頭をさげた。すると、

「どーも」

と、そっけなく言ってツカツカと入ってくる男。

……桐谷遥だった。

「こんにちは」

一応先輩なので、横を通ろうとした彼に、軽く会釈をする。

「……あー、どーも。えーっと」

「水島です」

「水島さん」

それだけ言って、興味なさげに通りすぎ、自分のキャンバスの前に座った桐谷遥。

名前を覚えてもらってなかったことに、バスでまで話をしたのにと、なんとなく腹立たしいような空しいような気持ちになった。

「そういえば水島さん、桐谷のファンなんだよね？」

桐谷先輩の姿を目で追っていると、部長がフッと笑いながら小さな声で言った。一週間前にみんなの前で〝憧れの人〟宣言をして恥をかいた私は、よみがえった記憶に背中が丸くなり、

「いや、あれは、ちょっと勘違いが入っていて……」

と、苦笑いをしながらごまかす。

「まぁ、でも、桐谷の絵に惹かれるのはわかるよ。僕は見たままの絵しか描けないけど、桐谷の抽象画は、なんていうか、色と技法が独特で……」

部長が横で話している中、私の視線は絵を描く準備をしている桐谷先輩へと自然に戻る。

あ、イヤホンつけた……。音楽聞きながら描くのか。

なんとなく嫌だな、と感じたけれど、次にパレットを取り出し、絵の具をそこに出した彼を、引き続き見つめ続ける。

しかし、それにしてもなんだって彼はいつも気だるげなんだろう。姿勢も悪いし、ぼーっと自分の絵を見たまま動かな……。

あ。今、絵を見てちょっと笑った。

「……！」

そう思った瞬間、彼は右手の親指で、パレットにあった色をいくつかすくった。かと思うと、まるでデタラメみたいにキャンバスにその色を置き、自由自在に伸ばしていく。

え？　ええっ？

親指だけじゃない。人さし指、小指も巧みに使って、色をたたいたり、伸ばしたり、摘《つ》まんだり、引っかいたり。

私は、ごくりと生唾《なまつば》を飲み、目を瞬かせた。

何？　あれ。子どもの遊びじゃない。

そう思いながらも、その色の混ざり具合や、斬新な点描《てんびょう》、色がぬぐわれた部分と他の部分とのコントラスト、指の動きから生まれるひとつひとつの効果に、目を奪われずにはいられない。

彼は、ふんわりと笑っていた。でも、目は真剣さと楽しさの熱を同時に灯している。

「………」

私は、圧倒されて言葉を失っていた。

なんて表現したらいいんだろう。彼は、自分の絵との会話を楽しんでいるようだった。あるいは、ゲームを挑んでいるかのようでもあった。

正直言って、普通なら引いてしまう。

でも、それ以上に、没頭できることへの憧れ、やりたいことを突き詰めていることへの感心、それが芸術という形で、ひとつのすばらしい作品になっていることへのうらやましさを、自分の中に強く感じた。

そうだ、彼はなにより……。

「……自由……ですね」

「え？」

頭には入ってこなかったけれど、ずっと横で話してくれていたらしい部長が、私の視線をたどり、「あぁ」と言った。

「そうだね。とらわれないことは、ひとつの才能だよね」

彼のまわりだけ、何か空気が違う。キャンバスの中の世界が、彼自身をも包みこんでいる。夕方の光が外の木々の葉の間を通り、キラキラといろんな形に揺れながら彼にスポットライトを当てていて、まるで彼を含めてひとつの作品みたいだ。

私は息をのみ、しばらくその姿に見入っていた。

失礼だけれど、他の先輩たちがぺちゃくちゃおしゃべりしながら手を動かしているのとはまるで違う。彼は……やっぱり〝桐谷遥〟だった。

「お、遥。ちょうどよかった、お前に話があったんだ」

ふいに聞こえた大人の声に、私はパチンと頬をたたかれたかのように現実に引き戻された。見ると、美術室の入り口に四十歳代かと思われる先生が立っている。

たしか……美術の先生だ。剣道部の顧問も兼任しているらしく、めったに美術部には顔を出さないのだと、初日にまり先輩が教えてくれた。

「なんですか？」

「お前の去年の高美展の作品、例の件であちらさんが見たいって言っててさ。あれ、家に保管してるだろ？　近いうち持ってきてくれるか？」

……去年の高美展？

「あー、じゃあ来週の火曜日にでも」

「…………」

先生と桐谷先輩の言葉のキャッチボールを目でしっかり追いながら、私の頭のなかは〝去年の高美展〟というワードで埋め尽くされていた。

去年の高美展の作品っていったら、私が桐谷遥に憧れを持つきっかけになった、例の〝無題〟の作品だ。

「…………」

そのことに気付いて不覚にも胸が高鳴り、目を輝かせてしまったもんだから、無表情の桐谷先輩がこちらへ向けた視線も、なんだか私の気持ちを見透かしたように思えた。

「それじゃあ、頼んだぞ」と言って、美術室を出ていった先生。

時計を見ると、またバスの時間は過ぎていた。

バスが揺れる。……六時台のバスが。

「ねぇ」

頭上から声が降ってくる。

「アメ、ない？」

「…………」

一番うしろから二番目の左端の席。いつもの座席に座っていると、やはり一週間前と同じように一番うしろの席に座っていた桐谷先輩が、座席の隙間から声をかけてくる。すでに彼の友達は降り、あとは停留所を三つ残すのみのバスの中。

「のど飴《あめ》なら……」

「ハ。おばーちゃんみたい」

「いらないならいいです」

「いる。ちょーだい」

ギシ、とまた背もたれの上に身を乗りだし、手を差し出す桐谷先輩。学校でも学年が違えばなかなか会わないし、美術室でさえもあまり話さないからか、十分かそこらのこの時間この状況に、妙な心地がする。

あ、オレンジ色の絵の具……。

アメを渡しながら、その手の側面についた色に気付き、数十分前までの彼の姿を思い出した。そして、目の前でレモン味ののど飴を口に含み、片方の頬を膨らませているその顔を見て、なんとも複雑な気持ちになった。

「この前も……火曜日でしたね」

「何が?」

間を埋めようと声をかけると、窓側に身体を預け、カランと口の中で飴の音をさせる桐谷先輩。

「こうやって、お話をしたのが」

「あぁ」

一番うしろの席は若干高くなっているため、私が軽く振り向きながら話すと、ちゃんと彼が視界に入る。桐谷先輩は、軽く顎《あご》をあげて、

「火曜日、バイト先が定休日だから」

と言った。

「え？　バイトしてるんですか？」

「うん。親戚の叔父さんの喫茶店。火曜日以外はシフトバラバラだけど」

あぁ、だからか。まり先輩が、桐谷先輩はたまにしか来ないと言っていたのは。

勝手に納得して、小刻みにうなずいていると、

「ねー、水島さん」

と、窓に頭を預けて斜めになった顔の桐谷先輩が、無表情で名前を呼ぶ。やっと名前を覚えてもらえたようだ。

「わっ！」

「え？」

「…………」

「………」

急に驚かすような声を出した桐谷先輩に、私は彼の目を見たままきょとんと固まる。

「何？　……ですか？」

「……ホント、無愛想っていうか、動じないよね、水島さん」

つまらなさそうな顔をして、鼻から息を吐く桐谷先輩。

「は？」

「いや、いつも表情が変わらないから、面白くないなーと思って。最初会ったときもだったし」

最初会ったとき？

「………」

あぁ、女の人とイチャついていたときのことか。いや、顔に出なかっただけで、結構動揺してたんですけど。プラス嫌悪感を抱かせていただいたんですけど。

「そう言う桐谷先輩だって……」

「あ、でもあのときの顔は必死だったね。先週の〝バカじゃないの？〟って」

私の言葉にかぶせて思い出し笑いをしだした彼に、私の眉間のしわは深くなる。

なんだ？　この人。やっぱり小学生だ。

「バカにしてます？」

「まさか」

そう言って微笑んだ桐谷先輩は、頬杖をつきながら目を細め、

「嬉しかったよ」

と、さらりと言った。

「………」

なんなんだ、本当に。このつかみどころのない男は。

この独特の間と、端正な顔と、本意のわからない言動。ミスマッチが多すぎる。

「残念。これでも顔色変わらないか」

かと思えば、とことん子どもじみていたりして。

「結構性格悪いほうですよね。あんなにきれいな絵を描かれるのに」

「勝手な幻想抱く人よりはまともじゃないかな」

彼は、飄々《ひょうひょう》とそう言った。顔に出さずともカチンときた私は、すかさず、そのタイミングで降車ボタンを押す。

「今日もひとつ前で降りるんだ?」

「はい」

「面倒なことするんだね」

「面倒なことしています」

カリッ、と桐谷先輩が飴を噛《か》む音が聞こえた。

「なんか、生きにくそう」

「………」

その言葉には返事をせずに、バッグを肩にかけ、席を立つ。

腹が立った。だって、私の事情を知らないくせに、簡単に言うから。ほんのわずかにレールからはみ出ただけだとしても、私にとってはその軌道修正は絶対なんだ。

「あ、水島さん」

「なんですか？」

「アメ、もいっこちょーだい」

「………」

飄々としながらそう言ってくる桐谷先輩に反論する気持ちが削がれ、のど飴の黄色の袋をバッグから取り出し、伸ばされた彼の手のひらに突き出すように置く。そして、くるっと前に向き直り、バス停に合わせて速度を落としはじめたバスの通路を、乗降口までバランスを取りながら振り向かずに進んだ。

なんか、バカみたいだ。彼が絵を描く姿に感動した自分も、バスで背後からかけられた声にちょっと浮かれた自分も、……『嬉しかったよ』という言葉が嬉しかった自分も。

なにより、無愛想なこと、自分で自分を不自由にしていることを、まだ数回しか会っていない人に見透かされて、なんだか情けない気持ちになってくる。

降りた私は、風を伴って離れていくバスを見送る。はぁ……とひとつため息をつき、私は停留所ひとつ分の距離を歩きだした。


ほんの少しあがってしまった息を整えながら、放課後の美術室のドアを開ける。

……誰もいない。

今日はたまたま画材の買いだしで、先生に許可を取ってみんなは街に出ている。先週末、部長にそう言われて、私は塾までの三十分じゃ無理です、と断ったけれど。

いつも座る席にバッグを置くと、ふぅ、と一息。そして、チラリと美術準備室を見た。

今日は……火曜日だ。

「…………」

無意識に喉《のど》が鳴った。

たぶん……もう、ある、はず。

べつに、そんなにこそこそと見にいく必要はないのだけれど、私はあたりをキョロキョロと警戒しながら、一枚のドアを隔ててつながっている美術準備室へと足を進める。

　まさかまたラブシーンが繰り広げられてはいないよな、と思いながら、とりあえず音を立てないようにドアを開け、中を覗きこんだ。

　誰もいないのを確認すると、奥の方へ行き、立てかけられている大小様々なキャンバスを、手前にある順に一枚ずつめくっていく。

「……あれ？」

　ない。

〝無題　二年　桐谷遥〟が見当たらない。今日持っていくって、先生に言っていたのに。

　私の予想では、大きなキャンバスだから、登校時にそのまま美術室まで運んであるだろうと思っていた。だから、彼が来る前に、ゆっくり鑑賞させてもらおうと思っていたのに……。

「何怪しいことしてんの？」

　背後からの声に、口から心臓が出るところだった。私はビクッと肩を浮かせ、美術準備室の入り口の方へ顔を向ける。

「探し物？」

　続けてそう言ったのは、ドアの枠に体重をかけ、したり顔を傾ける桐谷先輩。

「……いえ」

動揺を気取られないように返したはずの声は、若干乾いていた。なぜなら、視線が彼の持つものに釘付けになったから。

「ハ」

短く笑う声。私から顔を背けた彼は、肩を揺らしながら、なおも続く笑いを噛み殺している。

「バイト先に飾ってあったのを、さっき叔父さんに持ってきてもらったんだ。はい、いいよ、見ても」

彼が持つ、側面しか見えなかったキャンバスが、ゆっくりとこちらを向いて、壁に立てかけられた。

「………」

私は、まるで吸いこまれるように身をかがめてしゃがみこみ、今までで一番近い距離で彼の作品と向かいあった。

淡く、何色とは確実に言えないようなたくさんの色が、まるで光を伴っているかのように目に飛びこんできて、眩《まぶ》しさを覚える。この感覚は、あのときと同じだ。あの、中三のとき、初めてこの絵に出会ったときの衝撃と。何かを解き放て、と訴えかけてくるようなその絵は、やっぱり、私の心を強く揺さぶる。

「あ……」

一瞬にしてその絵の世界に取りこまれて言葉を失った私は、さぞかし滑稽《こっけい》な顔をしていたのだろう。気付けば、私を見る桐谷先輩の顔も固まっていた。

「何、泣いてんの？」

「えっ!?」

嘘《うそ》だ！

そう思いながらも慌てて目の際に指を当てると、たしかに濡れていた。

「ホントだっ！」

「ハハッ」

吹き出す桐谷先輩。

「絵の前だと、そんなに表情クルクル変わるんだ」

「…………」

ちょっとはずかしくなって、絵に視線を戻す。不覚にも、再感動してしまった。しかも作者の前で。本当ならもっと素直にその感動を伝えたいけれど、この人が作者だと思うと、なんとなくそれがためらわれる。

それにしても……。

「はぁ……」

素敵な絵だな。ずっと見ていたい。できることなら、部屋に飾って毎日鑑賞したいくらいだ。

しゃがんだままの体勢で膝《ひざ》に手を置き、ぼーっと絵に見入っていると、彼の手がぬっと絵の前に現れた。左斜めうしろに同じようにしゃがんだ彼の右手が、私の頬の横を通って伸ばされたからだ。

「ここ、指で描いた」

「あと、ここは細い木の枝をペインティングナイフみたいに使って……」

彼の人さし指が作品の表面を伝う。桐谷先輩は、私に絵の説明を始めた。

絵の中の隆起が、デコボコと彼の指に振動を伝えているのを目の当たりにして、私の胸はひと際躍《おど》る。技法について、色について、淡々と話してくれているだけだけど、私にとっては、まるで魔法のかけ方を聞いているように興味深かった。この絵がどんな過程を経て完成されたのか、それを聞けることが予想以上に嬉しくて、私は何度もうなずき、目をきらめかせながらそれを聞いた。

「あの……」

ひととおり説明してくれて話がとぎれたとき、私は小さく挙手をする。

「何？」

「質問、いいですか？」

「どーぞ」

「なんで〝無題〟なんですか？」

「あぁ……」

いつの間にか床に胡坐《あぐら》をかき、曲げた片膝に頬杖をついていた桐谷先輩が、眉をあげる。

「めんどくさいから」

「………」

……あぁ、こういう人だよな、この人。今まであがっていた気持ちが一気に萎えて脱力してしまうと、

「雨がさ」

と続ける桐谷先輩。

「雨？」

「うん。公園の大きな木の下にベンチがあって、そのベンチに寝そべってたの。そんで、上見てたら、弱い通り雨が降ってきて」

「はい」

「空は明るかったから、葉と葉の間からキラキラした雨が落ちてきて。それがだんだん多くなってきて、まるで光が次々と落ちてくるみたいだなー、って思って」

「……はい」

「なんかすげー……って思って。そんで、家に帰ってすぐ描いたのがこれ」

「え」

なんの話をしだしたのかと思ったら、思わぬ着地点に、私はマヌケな声を出す。

「なんていうか、そのときの感覚、言葉の枠に収まりきらなかったんだよね。〝雨〟でも〝光〟でも伝えられないし、〝なんかすげー〟にするわけにもいかないし。どんな言葉にしても、なんか陳腐《ちんぷ》になるっていうか。だから、考えるの面倒になって〝無題〟」

説明し終わったら、手をついた頬を不細工に歪ませたまま、視線を私に送る桐谷先輩。

「つーか、そんなこんなで、俺の作品、ほぼ全部〝無題〟」

「ぶっ」

「あ、笑った」

「…………」

思わず緩んでしまった顔を戻すと、

「誰にも話したことなかったのに、失礼だね、水島さん」

と、桐谷先輩が頬杖を解き、身体をうしろにのけ反らせて手をついた。

〝誰にも話したことなかった〟という言葉が、なんとなく耳に心地よく感じて、私は元に戻した表情筋がまた緩みそうになるのをかろうじて抑える。

「ねぇ、なんで誰も来ないの？」

首をひねって美術室の方を向いた彼に、私はハッとした。そして今まで平気だったのに、急にこの場所にふたりきりだということを意識した。画材の匂いも、窓の外から聞こえる運動部の遠い喧噪《けんそう》も戻ってくる。

「あ……みんな、今日は画材を買いに……」

そう途中まで言ったところで、パッと時計を見た私は、

「あぁっ！」

と声をあげた。

「……何？」

「バス！　……の時間、過ぎてる」

「あー。塾？」

思わず立ちあがってしまった私を、下から見上げる桐谷先輩。

「そう……です。あぁ、また勝手に休んじゃった……」

私は塩をかけられたナメクジみたいに、ヘナヘナと肩を落とす。

「真面目だね、水島さん。勉強好きなの？　行きたい大学があるとか？」

「いえ」

「じゃあ、なんで毎日通ってんの？」

「……親に、言われて」

「ふーん」

何も言われていないけれど、この自由人間からの視線でわかる。親の言いなりなんだね、つまらない人間だね、って思われていること。

「俺、あっちで絵描くけど、まだ見とく？　これ」

桐谷先輩は、ゆっくり立ちあがっておしりをはたき、今見ていたキャンバスを軽く顎で指した。私はコクリとうなずき、またその絵の前で、腰を浮かせた体育座りをした。

「ふー……」

桐谷先輩が美術室の方へ行くのを確認すると、しゃがんだ膝に両肘を置き、頬杖をつく。両手で持ちあげる頬が、若干熱い。

校内でだって、バスでだって、今までも何回かあったじゃないか、こんな風にふたりになること。なんで変に意識しているんだろう。なんで自分がどう思われているか気にしたり、彼の言葉に一喜一憂したりするんだろう。

「………」

当たり前だけど、目の前の絵は答えをくれない。

……あーあ。また、休んじゃった。

心のなかでそうぼやくも、一番好きな絵を間近で見ながら、私は満ち足りた気分になっていた。


「あのー」

イヤホンからもれる、シャカシャカという軽い音。音楽を聴いているからだけじゃない。絵に没頭しているから、私の声も姿さえも彼はシャットアウトしている。

「あのー……」

ガリッ、とナイフがキャンバスにこすれる音。削り取られた黄緑色の絵の具が、ピッ、と彼の頬に飛んだけれど、彼はそんなの気にしていない。完璧なまでの無表情に際立つ、強い視線。この前と同じだ。彼は今、作品の中に自分までも入りこませている。

美術準備室から戻ってきたから、ひと言お礼を言おうかと思ったけれど、私は諦めて、自分の油絵の準備をした。

初夏の風が少し開けられた窓から入ってきて、暗幕をふわりと揺らす。クリーム色とオレンジ色を混ぜたような優しい光が、窓際の桐谷先輩を照らし、その影はそこから斜め前に四メートルほど離れた私の足もとにまで伸びている。

桐谷先輩が聞いている音楽まで拾えてしまう、静かな空間。いつもとは違うその美術室の表情に、私はまるで違う場所に来てしまったかのような錯覚さえ覚えた。


「赤……」

「ふあっ！」

いつもは三十分で集中もしきらないまま描いていたけれど、今日は時間と環境のおかげで、私もかなり没頭していたみたいだ。背後からかけられた声に、不覚にも素《す》っ頓狂《とんきょう》な声をあげてしまった。

「見事に、赤、だね」

「り……りんごですから」

傾けた顔、耳からイヤホンを引っぱって取りながら、私の絵に対して指摘をする桐谷先輩。振り返った私は、自分の絵を見られていたことに気付き、急にはずかしくなった。

「水島さんて、自信がない人？」

「え？　なんでですか？」

「デッサンの色は薄いし、塗る色は決められているかのように定番の色の単色使い。

ぜんぜん水島さんが表に出てない」

「…………」

カタン、と小さな音を立てて私の横の席に座った桐谷先輩は、無言の私を細い目で見て、顔を傾ける。陽に透けてオレンジ色に染まるやわらかそうな髪が、ほんの少し毛先を揺らした。

「なんですか？　それ。色で性格判断とか？　部長は褒めてくれましたよ？　初心者にしては上出来って」

図星だったことを笑ってはぐらかそうとすると、

「うまいヘタの話をしてるんじゃなくて」

と、スパッと言い切られる。

「じゃあ、なん……」

「もっと、遊べば？」

すかさず、そう返した桐谷先輩。笑ってない。きれいな顔の人が、真顔で私をじっと見て言うもんだから、少しひるんでしまう。

「遊ぶ？」

「ほら」

彼が伸ばした手のせいで、小さな風を感じた気がした。ほんの一瞬の出来事。桐谷先輩は私のキャンバスの中のりんごに、自分の人さし指についたままだった色を、まるでスマホ画面をスワイプするように置いた。

「青っ!?」

これでもかっていうくらいの赤の中に、とてつもない存在感を持つ、子どもの落書きのような青。

「ハハッ。その顔っ」

思わず腰を浮かせて驚いた私の顔を見て、桐谷先輩が顔をクシャッとさせて笑った。

「あっ、遊んでるのはそっちじゃないですかっ!?　私の初めての油絵の作品になんてことをっ」

「これで遊べるでしょ？　水島さんも」

「台無しです！」

「じゃあ、台無しついでに、グチャグチャに好きな色塗っちゃえばいいよ」

拳を振りあげて怒る真似をする私に、アハハハ、と本当に悪ガキのように笑う桐谷先輩。なんなんだ、本当にこの人は。やっぱり、変な男だ。

「もういいや。こうします」

ヤケになった私は、パレットに思いつくままに絵の具を出した。そして、その青に半分かぶせてオレンジ色をのせ、次いで、緑、黄色、紫、白と、リンゴらしからぬ色をグラデーションみたいに重ねていく。

「いいね。俺、このりんご、好き」

何が〝いいね〟なんだ。こんなハチャメチャなりんご。心のなかでそう思いつつも、なぜだか手は止まらない。

楽しい。

小さい頃にどろんこ遊びをして感じたような、単純で、素直な感情。それだけが、私の手を動かし、私の頬を緩める。

ふたりだけの美術室。ひたすら絵筆を走らせる影がひとつ、その横でキャンバスを指さして笑っている影がひとつ。その解放感は、桐谷遥の絵画を見たときのそれと似ていて、私は久しぶりに時間を忘れた。

「遥ぁー」

開いたドアの音と同時に、女の人の声が前触れもなく飛びこんできた。まるで、私たちの空間と時間がビリッと破かれたかのような錯覚。ハッとした私は手を止めて、隣にいる桐谷先輩と同時に振り返る。

「あ、やっぱりここだ。火曜日だからいると思った。ね、一緒に帰ろ」

美術室の入り口から顔を出すのは、見たことのあるショートボブのきれいな女子生徒。上履きの色は、桐谷先輩と同じ赤。

「あれ？　他の人は？」

「外出てる」

首をひねったままの状態で、彼女のところには行かずに、私の横で話す桐谷先輩。まるで、私なんて見えていないかのように会話が進む。

「ふーん。遥、もう帰れる？　遊ぼー」

「帰れるけど、ダルイ」

振り向いたまま顔を傾けて、頭をだらーんと倒す桐谷先輩は、心の底から面倒くさそうな顔をする。でも、彼女もそんな桐谷先輩など見慣れているかのように、顔色ひとつ変えず、

「ファミレスでご飯おごるから」

と、提案した。

「あー……」

「ねぇ、行こうよ」

「行く。ハラへった」

ガタン、と、私の横の席の椅子が音を立てた。そして、桐谷先輩は雑に画材を片付け、自分のバッグを肩にかける。

「じゃーね、水島さん」

ひらひらと指を動かしながら、私に薄く笑顔を向けてバイバイした彼は、スタスタと美術室を出ていった。

「…………」

あっという間のことだった。ついさっきまで、ふたりだけの空間だったのに。笑いながら絵を描いていたのに。あんなに没頭できていたのに。

……彼女？　いや、フリーだって話、前にしてたけど。……あぁ、そっか、そんなのいいのか。彼女じゃなくても美術準備室であんなことしていたんだから。

「……べつに……関係ない、か」

まるで自分に言い聞かせるためにつぶやいた声は、ひとりきりになった美術室にさみしく響いた。

ちょっとだけ、楽しかっただけだ。ちょっとだけ、桐谷先輩が絵を描く空気を共有できたような気がしただけだ。そして、ちょっとだけ、帰りもバスで一緒に話しながら帰るんだろうな、って思っていただけだ。

パレットに出されているたくさんの絵の具。絵筆で、その色たちを混ぜてみる。お世辞にもきれいな色とは言い難い、茶色っぽい濁った色ができた。

日がさっきよりも傾いて、私だけの影が床に長く伸びるなか、

「あーあ」

と、色を持たない小さなため息をキャンバスについた。

「舞川陽奈子《まいかわひなこ》です。よろしくお願いします」

パチパチパチ、と美術室に響く拍手が、私のときよりも大きい気がする。黒板の前で愛らしく微笑んで深く頭をさげるのは、おめめはパッチリ、睫毛《まつげ》はバサバサ、色は白くてお肌ツヤツヤの新入部員の一年生。少し茶色っぽい長い髪の毛は緩くカールしていて、まるでお人形さんだ。

なんでまた、こんな可愛い子が美術部に……。

正直言って、この部活に似合わないような気がする。まぁ、約一名、他にも似合わない人がいるけれど。

同じ一年の私と並んだら、十人中十人、絶対に彼女が可愛いと言いきるだろう。真っ黒で直毛の肩上の髪をひと筋取ってながめながら、私は卑屈っぽい気持ちになった。

「同じ一年だよね？　えーっと……」

「水島です。よろしく」

「水島さん。下の名前は？」

「沙希」

「沙希ちゃん、よろしくね。あ、油絵描いてる。私も油絵描きたくて美術部入ったの」

「そうなんだ」

自己紹介のあとに声をかけてきてくれた彼女は、女の私ですら頬を染めてしまいそうなほどとびきりの笑顔だったにもかかわらず、私は会話を広げることができず、彼女は自分の席に戻った。

可愛くて、笑顔も素敵で、性格もよさそう。神様はなんて不平等なんだろう。彼女の仮入部でソワソワしている男子部員たちを横目に、鼻から軽く息を吐いた。


「よし、と」

三十分はあっという間だ。私はキャンバスをイーゼルごとうしろの方へ運び、片付け、帰り支度をする。

この前、ハチャメチャなりんごを描いてから、なんとなく油絵が楽しく感じるようになってきた。無になることができて、頭がスッキリする。今描いているコップとビンも、自分の色が出せていて、ちょっとオリジナリティがあるじゃない、と自画自賛している。

「えぇっ！　すごい、舞川さん。短時間でこんなに描けるの？」

「うわー、激うま……」

ワッと歓声がわいた方向へ目を向けると、部員たちが舞川さんのキャンバスのまわりに群がっていた。私も興味半分で、バッグを肩にかけたあとで覗きこんでみる。

「…………」

わ……、上手……。

写真を見ながら描いているらしい、女性の人物画。下絵に、少しだけ色を塗り始めたところみたいだ。デッサンの狂いのない下絵の美しさもさることながら、ちょっとだけ塗った色も、繊細で上品で技巧的な重ねられ方だ。センスというものだろうか。たったこれだけ見ただけでも、それが鮮烈に感じられる。

言葉が出なかった。「すごいねー」のひと言くらい言えるはずなのに、自分とのあまりの差に圧倒され、そして言い表しがたい別の感情もわき起こり、この場から逃げだしたいような気持ちになった。

いたたまれず、

「先に帰ります。お疲れ様です」

と、みんなの背後から声をかけて入り口へと向かう。

「あ、水島ちゃん、バイバーイ」

まり先輩の声のうしろから聞こえる「お疲れでーす」という部員たちの声を受けて、

再度軽く会釈をして一歩外へ出る。……と。

「あ」

「あ」

ちょうど入れ違いに中に入ろうとしてきた生徒がひとり。正面のブレザーから視線をあげると、こちらを見下ろす気だるそうな目。その目にかかる色素の薄い前髪。

「帰るんだ？」

桐谷先輩だった。

「はい。あれ？　今日、バイトは……」

「休み」

「来る時間、はやいですね」

「いつも遅れてくるわけじゃないよ」

なんとなく、よそよそしい声になってしまう。目もちゃんと合わせられない。この前ふたりで絵を描いたことと、女の人と帰っていったことが、なんとなく引っかかっている。

「じゃーね」

「あ、はい。さようなら」

いつもどおりなのに、そっけなさを感じながら挨拶を返すと、桐谷先輩は美術室の中に入っていった。

「あー！　桐谷遥先輩ですよね!?」

その途端、中から聞こえたのは、振り返らずとも表情を輝かせているとわかる、舞川さんの声。廊下の私は美術室の入り口に背を向けたまま、その場に立ち止まる。

「私、ずっと前から先輩のファンで！　あっ、今日仮入部した舞川陽奈子といいます。よろしくお願いします」

「どーも」

とくに抑揚《よくよう》のない、いつもの声。だけど私は、心のなかに急に泥水が侵入してきたかのような、嫌な感じがした。

「先輩と同じ中学だったんですよ、私。中一のとき、三年だった先輩の油絵を初めて見て感銘を受けて、それで自分も……」

続く舞川さんの嬉しそうな声をなぜか聞きたくなくて、私はそのまま振り返らずに靴箱に向かって歩き始めた。

この前、三年の女子が桐谷先輩と話していたときにも感じた、この言いようのないモヤモヤ感。せっかく絵を描いてリフレッシュしたはずの心が、あの日作った濁った色で塗りつぶされたみたいな気持ちになる。

靴に履き替え、校門まで足早に歩く。

……勉強、しなきゃ。

空が曇っているからか、まわりの景色もくすんで見える中、私はバス停へと急いだ。


「はい、水島さん。なんでここ、こういう風に訳すと思う？」

「……わかりません」

「前回やったよね？　こういうとき、文法の法則があるって」

「………………」

前回は休んだからわからない私は、そのことを覚えていないらしい先生の前で無言を決めこむ。そうしていると、「はい、じゃあうしろの……」と、先生は痺《しび》れを切らして飛ばしてくれた。

「そう、正解！」

うしろの席の他校の男子が、さすがだと褒められているのを聞きながら、蛍光灯の光が私の頭の影を作るノートをながめる。文字たちは無表情にノートに横たわっているだけで、私の頭のなかには入ってこない。書かれた文字が全部粉薬になって、飲んだらすべて自分に吸収されればいいのに。

そんなバカなことを考えながら、書き足される板書をまたノートに取り始める。

『私、ずっと前から先輩のファンで！』

あの子、すごく可愛かったな。それに、絵も上手で、人なつっこくて……。

「………」

ぜんぜん嫌なところなんてないはずなのに、なんで私はこんな気持ちになるんだろう。なんで、何もかも……うまくいかないんだろう。


「水島さん、なんか、油絵うまくなってる気がする」

「そうですか？」

火曜日の放課後。バスまで残り十分。短い時間をコップとビンの絵にひたすら色を置く作業にあてていると、部長が話しかけてきた。

「うん。色に深みが出てきたというか、広がりが出てきたというか」

「……どうも。嬉しいです」

そう言いながら、心の底から嬉しいと思えていない自分がいた。だって、ようやく楽しいと思えてきた油絵が、最近またうまく描けなくなったから。満足のいく色にならなくて、歯がゆさのほうが先に立つ。

「ひゃっ！」

ガチャンと近くで音が散らばる。見ると、舞川さんが絵の具を床に落としたところだった。

「大丈夫?」

すぐにしゃがんで拾う手伝いをする部長。私も一緒になって拾うと、

「ごめんなさい。沙希ちゃんもごめんね。ありがとう」

と、アセアセしながら舞川さんが謝った。顔をあげると、ほれぼれするような可愛い顔。そしてもっとあげると、ため息が出るほど美しいキャンバスが目に入る。

なんで……こんなにきれいに描けるんだろう。

「こんにちはー」

ちょうどそのとき、まり先輩の声がして、私たちは三人とも振り返った。

……あ。

「どーも」

まり先輩の元気のいい声とは対照的な、だるそうな声の主は、桐谷先輩。開けたドアをうしろ手で閉め、自分のキャンバスへと向かう。

ちょうど私たちの横を通るとき、彼はこちらに気付いて立ち止まり、

「ちは」

と、短く声をかけてきた。

「おー」

「こんにちはっ! 遥先輩」

「こ……」

部長と舞川さんの声のはやさと勢いに出遅れた私は、「……んにちは」と口パクみたいに消えそうな声で返す。自分の席に向かう桐谷先輩が、ふ、とほんの少しだけ微笑んだ気がした。

「遥先輩っ！　聞こうと思ってたんですけど」

彼が椅子に座ってバッグをおろすや否や、近付いていく舞川さん。私は自分のキャンバスの前に戻り、絵筆を握りながらも、耳はあきらかにそちらの声を拾おうとする。

「……何？」

「あの、今人物画描いてるんですけど、遥先輩はどう……」

「ごめん、俺、人物画描かないから」

「え？　あ、すみません。じゃあ、色についてなんですけど」

「あのさ、俺教えるのヘタだし面倒だから、部長に聞いてよ。あの人、人物画描くから」

うわ……。舞川さんは自分のファンだって知っているのに、そんな冷たいあしらい方……。

「はい。わかりました！　お邪魔しました」

少し同情したものの、舞川さんは、めげずに笑顔で頭をさげる。可愛い子はこういうとき、傷ついた顔をするとばかり思っていたから、少し驚いた。

自分の絵に目を戻し、キャンバスの中のビンに色を塗る作業に専念しようとする。でも、いつもほど没頭できない自分がいる。桐谷先輩がこの美術室という同じ空間にいるというそれだけで、なんだか気が休まらない。舞川さんが彼に送る視線も、気になって仕方ない。このビンも、ぜんぜんうまく色が塗れないし。

あれこれ考えながらも絵筆を動かしていると、十分なんてすぐ過ぎた。私はモヤモヤを吐き出すようにため息をつき、帰り支度を始める。

「…………」

……あれ？

顔をあげると、桐谷先輩の姿がないことに気付いた。

トイレかな……？

そう思ったけれど、ぐるりと見渡し、舞川さんの姿も見えないことに気付くと、心臓の音が急に大きくなったような錯覚に陥った。

……え？

気にしすぎだ、ということは頭の中でわかっている。べつにふたりで何を話そうが何をしようが、私には関係のないことだ、ということも。でも、なんでこんなに気になるのか、何が私の鼓動をはやめるのか、私はおもむろに席を立つ。

たぶん……あそこだ。入り口のドアを開け閉めする音は聞こえなかったし……。

とりあえず、なにげないふりをして、境のドアが開いたままでひと続きになっている美術準備室へと足を向ける。

「……です。そうです、この絵！　私、美展に見にいきました！　この、色のコントラストがとても……」

美術準備室の近くまで行くと、予想どおり、舞川さんの声が聞こえてくる。私は中までは入らずに足を止め、そっと聞き耳を立てる。

「もういい？　俺、こっちに先生の絵の具借りに来ただけだから。絵はそのまま見てもいいし」

「あっ、すみません、しつこくしちゃって」

「べつにいいけど」

話からすると、桐谷先輩のあとを追ってきた舞川さんが、桐谷先輩の過去の作品を偶然見つけて、感激しているといったところだろう。たぶん、私の大好きな……あの作品。

「しつこいついでに質問、いいですか？」

「……いいけど」

聞き耳だけじゃ飽き足らず、少しだけ中を覗きこむ私。〝無題　二年　桐谷遥〟をバックに、身長差も理想的な美男美女が向かいあって立っている。

……何してるんだろう、私……。覗いている自分が、とてつもなく惨めに思えてくる。

「なんで〝無題〟なんですか？　タイトル」

――え？

舞川さんの質問に、私は思わず身体がピクリと動いた。

やだ。

私が以前桐谷先輩に聞いたこととまったく同じなのに、なんだかものすごく嫌な気持ちになる。

「めんどくさいから」

首のうしろを押さえながら、気だるさ満載で私のときとまったく同じ返答をする桐谷先輩。

「じゃあ、これを描いたきっかけとか……」

「あー……」

「ダメっ!!」

「え？」

舞川さんが瞬時にこちらを向いた。わずかに遅れて桐谷先輩も。シン……と静まり、凍りつく空気。美術準備室のふたりからも、振り返ると美術室のみんなからも、注目の的は……私、だった。

「…………」

……え？　あれ？　……私、今……。

「っあ」

突如、今までになく顔に血と熱が集中した。真っ赤になって、

「ちがっ、違いますっ。あの、す、すみませ……、ごめ、ん……なさ……」

とあとずさりし、しどろもどろになりながら弁解する。

ダメだ。蒸発してしまいたい。なぜだか目頭が熱い。動悸《どうき》も激しい。自分が自分じゃないみたいだ。

「……水島さん」

美術準備室の中からゆっくりとこっちに向かってくるのは、桐谷先輩。その静かな声で、稲妻に打たれたような緊張が走った。

「…………」

私は、さっきの〝ダメ〟発言の真意を問われるのが怖くて、そしてそれを言った自分の気持ちに向きあうのが怖くて、きゅっと下唇を噛む。

じっと私を見たままで、目の前まで来た彼。頭を傾けながら、やはりゆっくりと口

を開けた。

「バスの時間、また過ぎてない？」

「ああっ!!」

またもや、私の声が美術室に盛大に響いた。


「アメ、ちょーだい」

バスが揺れる中、背後からヌッと手が出てくる。

「……どうぞ」

「どーも」

のど飴を手のひらに乗せると、スッとその手は引っこんだ。

……気まずい。非常に気まずい。

うしろの席の人を意識しすぎて、背中がパリパリに固まって干からびている気がする。

あのあと、桐谷先輩の発言のおかげで、私の〝ダメ〟発言はうやむやになった。桐谷先輩のあとから美術準備室を出てきた舞川さんは、少しだけ私に何か言いたげだったけれど、部活が終わるまで何事もなく、他の人に何を言われることもなく、時間は過ぎた。

でも、それでも……。

「………」

今日に限って、停留所を三つ残して乗客が私とうしろの席の桐谷先輩だけになったバスの車内は、緊張とバツの悪さに押しつぶされてしまいそうだ。吐く息ひとつで気持ちまで伝わってしまいそうで、ビクビクする。

「あのさー」

「………」

うしろから声がする。でも、私は振り返らずに、聞こえないふりをした。外は薄暗く、いつもの景色。いつもと違うのは、おだやかじゃない自分の気持ちと、この状況。

「聞こえてんでしょ？」

「………」

「おーい、水島さーん」

ちょっと大きめの声を出すもんだから、乗客が他にいないものの、慌てて、

「今、聞こえました！」

と振り向きざまに答える。……や否《いな》や、

「〝ダメ〟って何？」

と、私の背もたれに両手を置き、飄々と言葉をかぶせて聞いてくる桐谷先輩。

「ぐ」

「〝ぐ〟って何？　今度は」

クックックッと笑われる。

なんて答えればいいんだろう。私にだけ特別に話してくれたはずの話を、他の人にも同じようにするのが嫌だったから。ふたりだけの秘密にしておきたかったから。

そんなワガママ、そんなヤキモチ……。それって、どこをどう解釈しても……。

「好きだよね、水島さんて」

「えっ⁉」

「覗くのが」

「あっ！　はいっ。いえっ、いいえっ」

桐谷先輩の発した単語に過剰反応してしまい、わけのわからない返答をしてしまうと、彼が、

「面白いね、水島さん」

と、またケラケラ笑った。

私はたぶん、この人の前で、今までで一番赤い顔をさらしている。体半分を横に向けた態勢でうしろを向いていた私は、はずかしくなってその顔をぐるんと自分の足もとへ向けた。自分の気持ちを悟られて、からかわれているような気がする。

「俺が舞川さんと話すの、嫌だったの？」

一瞬、心臓が跳ねた。足もとに視線を落としたまま、目を見開く。ドク、ドクと急にけたたましい音が身体の中から振動を伝える。

固まった私は、ゴク、と唾を飲み、自分を落ち着かせようとした。前の座席の背もたれに両腕をかけてうしろの席から見下ろしている桐谷先輩。逃げたいけれど、逃げようがない。返事をしないのは、肯定と同じだ。

「フ……ファンだからです。桐谷先輩の絵の。だから、他の人に作品の話をすることに、嫉妬して……」

これ以上の沈黙は危険だと思った私は、大筋では嘘じゃない理由を伝える。

「ふーん」

頬杖をついた桐谷先輩が、薄く笑った。なんとなく居心地が悪くて、

「あっ、でも、舞川さんホントに可愛いし、いい子ですよね。よかったですね、彼女も桐谷先輩のファンらしいし」

と、無理やり話題をつなげる。

「そーだね」

「ア、ハハ……。ですよね。私も男だったら付き合いたいなー、なんて」

言ってて少しアホっぽいな、私、と思い、なんとなく惨めな気分になった。笑顔も

ちゃんと作れていない。自分でもわかる。

「まぁ、でも、俺は無理だな」

頬杖をついたままの桐谷先輩が、斜め上を見ながら、ぼんやりと言った。その意外な言葉に、

「え？　なんで……ですか？」

と、とっさに聞き返す私。

「同じクラスや部活の人に手を出す気はないし」

「え？」

ガタゴトとバスと同じリズムで揺れる私と桐谷先輩。窓なんて開いていないのに、冷たい風が吹き抜けた気がした。

「そ……そうなんですね」

「うん」

私は、自分の手先がだんだん冷たくなっていくのを感じた。なんだか、全部見透かされていて、釘を刺されているような気がする。これ以上、好きになるなって……。

「…………」

ドクン、とさっきとは打って変わって、熱くて苦いものが込みあげる。好きだということを自分で認めた途端に、一気に胸に痛みが広がった。

「ハ……ハハ。揉《も》めたり別れたりすること前提で、ややこしくなりたくないってことですか？」

無理に笑って、なんでもないことのように聞くと、

「そう。ていうか、そもそも彼女作る気ないし」

と、飄々と答える桐谷先輩。

サイテー。彼女じゃない女の人とはあんなことしてるくせに。

桐谷先輩の言葉に乾いた笑いを返しながら、彼のラブシーンを思い返し、心のなかで思いきり罵《ののし》る。

「なんだ。桐谷先輩、本当に人を好きになったことがないんだ」

気付けば、口から嫌味が出ていた。見下ろしている桐谷先輩が、薄い笑顔のまま、

「ん？」と一時停止する。

「人物画描かない、っていうのと似てますね。描きたい、っていう特別な感情を持たせるような、心を動かす人物に出会えていないだけだったりして」

そのまま止まっていた彼は、ようやく瞬きをして、ふっと口角を片方あげる。

「そうかもね」

その返答が、自分のことなのに他人事のような肩透かしなものに聞こえて、私は余計にモヤモヤした。とりあえず、目の前に線を引かれたことはわかった。

バスを降り、住宅が並ぶ車通りのさほどない道を、少しずつ歩き始める。明かりがついている家、ついていない家。夕飯の匂いがする家もあれば、入浴剤の匂いがしてくる家もある。

私が見ているのは、日が落ちた直後の薄暗い空。とぎれとぎれに連なる雲が、まるで空のひび割れみたいに見える。割れ目がオレンジ色と群青を混ぜたような濃い色で、私を見下ろしている。

私はさっき自覚したばかりだし、告白すらしていないのに、なぜかフラれたような気持ちになっていた。

もう見慣れた風景の、バス停ひとつ分の帰り道。今日はなぜだか、とてつもなく遠く感じた。

【3】

「沙希ちゃん」

放課後の美術室。私より数分遅れで顔を出した舞川さんが、油絵の準備をしている私の横に立つ。今日は一年生だけはやく終わったから、まだ私たちふたりだけだ。

「あのさ、沙希ちゃんて、も、もしかしてさ……」

美少女がほんの少し頬を染めて、言いづらそうに私を見る。昨日の今日だから、言われることがなんとなくわかる。ふたりが話しているところを邪魔したんだから、本人だけじゃなくて、舞川さんにも勘付かれて当然だ。

「あ……昨日はごめんね。私、あの作品のファンで、それでなんか作品のこと独りじめしたいような気持ちになって」

「え？」

私の言葉に、舞川さんが心底驚いた顔をした。

「えーと……、桐谷先輩本人じゃなくて、作品の？」

「うん。もちろん作者の先輩のファンでもあるけど、あの作品は特別思い入れがあって」

昨日先輩に話したように、舞川さんにも嘘ではない理由を語る。

「そ……うなん、だ」

舞川さんは驚きの表情から、ふっと安堵《あんど》の表情になり、「なんだ、よかった」と笑った。その様子に、私は嫌でも気付く。舞川さんが、先輩に対してファン以上の気持ちを持っているということに。

「舞川さんて、桐谷先輩のこと……」

「あ……。ハハ。バレバレだよね？　先輩がいるっていうのも、この高校の志望理由のひとつだったんだ。最初は本当にファンなだけだったんだけど」

一緒だ……、私と。桐谷先輩の顔を知らなかっただけで。

そう思いながら、どんどん心のなかが霞《かすみ》がかってきた。

はずかしそうに頭をかく舞川さんは、恋する美少女って感じでとても可愛い。それに、絵の実力もあるし。

「…………」

同じ部活の人に手を出す気はない、って桐谷先輩は言っていたけれど、舞川さんなら、もしかしたら彼の例外になれるのかもしれない。

重い心持ちで、油絵の画材入れの箱を開く。

「彼女、いるよね？　たぶん」

舞川さんがつぶやくようにこぼす。

「いないって言ってたよ」

そう答えてから、なんだか応援しているみたいな言い方になっちゃったな、と思った。やっぱり今日も、透明なビンの色は上手に塗れなかった。

「何してるんですか?」

数日後の放課後。

日直だった私は、先生に日誌を届けた帰りに、中庭でうずくまっている桐谷先輩に遭遇した。

「何って、見ればわかるでしょ?」

「なんですか?」

「葉っぱを吟味して拾ってんの」

そう言った桐谷先輩のしゃがんだ足もとには、数枚の選ばれし葉っぱたちが重ねられている。

「わかりませんよ」

私は無表情でそう返しながら、やっぱり桐谷先輩は変な人だと思った。

「今描いてる絵に使うんですか?」

「そう。あの絵、葉っぱの葉脈みたいな繊細さを部分部分で出したいから」

「あー、やっぱり……」

彼の今描きかけのキャンバスを頭の中の額縁にかけると、私は自然とそうつぶやいていた。

「やっぱり、って？」

「黄色がバン、て前面にきてて大胆で強く見えるけど、細かいところ、ホントに細かく描いてたから。前取った葉っぱも使ったって言ってましたもんね。あの細かい筋がアクセントになってて、脆《もろ》さっていうか儚《はかな》さみたいな繊細な印象、たしかに受けましたもん」

桐谷先輩を見下ろしながらそう言うと、見上げる彼は一瞬だけ表情を消して、

「……よく見てんね、水島さん」

と言った。

「どういたしまして」

「〝ありがとう〟って言ってないし」

そう言ってふっと笑った彼は、葉っぱに目を戻す。私は、なんとなくもう少し話をしていたいと思ったけれど、とりたてて話題が浮かばなかったので、教室へ戻ろうと、

「それじゃ」と言いかけた。

「ねぇ」

葉っぱに目を落としてしゃがんだままの桐谷先輩の声に、私は方向転換した身体を戻す。

「はい？」

「この種類の葉っぱと、こっちの種類の葉っぱ、どっちがいいと思う？」

きょとんとした私に、おいでおいでと手招きする桐谷先輩。葉っぱを見ろというので、私も彼の横に身をかがめる。

「水島さんなら、どっち選ぶ？」

「うーん……」

正直どちらでもいいんじゃないかな、と思うけれども、葉脈が太くて生命力が溢れているものよりも、もう片方の筋が細くてきれいな葉のほうがいいような気がして、人さし指をそちらに差す。

「こっち……ですかね」

「やっぱり」
ハ、という短い笑い声とともに、真横で彼の顔がくしゃっとなった。
「わかってんね、水島さん」

彼の色素の薄いねこっ毛を、日の光がきらめかせて、風が揺らす。細められた目は、奥二重が強調されて、女の私の目から見てもきれいだと思った。あがった口角が頬へ伸びて、なんだか子どもみたいに嬉しそうな顔。

それよりなにより……。

「ち」

心臓の機能が急に誤作動し始めたんじゃないかと思うくらい、私の胸は早鐘を打つ。

「ち?」

「……近くないですか?　顔」

「あぁ」

無邪気だった笑顔が、途端に意地悪な笑顔に変わる。

「この体勢、うしろから見たらさ、まるで」

「あ――――!　遥がキスしてる!」

背後からの女の生徒の声に、私はまるで耳もとでシンバルを打たれたかのようにビクッと肩を浮かせる。驚きすぎて、尻もちをついた。

「こんなとこでしてると、丸見えだよ」

振り返ると、いつぞやのショートボブの三年のきれいな先輩。

「してないよ」

「またまたー」

立ちあがって彼女の方を向く桐谷先輩。こちらに来た彼女は、彼の胸のところをトンと押して笑った。

「あ」

そこでようやく、尻もちをついたままで固まっている私に目を落とす。

「美術部の人だ」

「……はい」

「ダメだよー、遥にハマっちゃ」

クスクスと笑いながら、桐谷先輩の肩に手を乗せてそう言う彼女。私は見下ろされているということも手伝って、ひどく侮辱されているような気がした。スカートについた草を払い、何も言わずに立ちあがる。

「今日バイト休みなんだったら、一緒に遊ぼうよ」

まるで私のことはいないものとして、桐谷先輩にくっつきながら話している。

あー……。この人も、桐谷先輩のこと、好きなんだ。彼女になれないから、せめて自分が取り巻きの中では一番だと、まわりに知らしめようとしているんだ。

そう理解するも、胸のなかに立ちこめる霧のようなモヤモヤは、なかなか晴れてくれない。視線も、桐谷先輩の肩に置かれた彼女の手から離すことができない。

「今ね、この人と話してんの」

「は？」

「それに、今日はこのあと絵を描くから。悪いけど他あたってよ」

桐谷先輩が、さらりと彼女にそう言った。

「そ、そんなの……」

「〝そんなの〟がしたいの。また今度ね、ミサキ」

目を見開いて驚く彼女の手を、ゆっくりと剥がす桐谷先輩。これ以上の誘いは無駄
だと示した。

「よ、よかったんですか？　彼女、若干怒ってましたよ？」

立ち去り際に私にチラッと冷たい視線を送った彼女のうしろ姿を見送る。

「そう？」

飄々とした態度で、手に取った一枚の葉っぱをクルリと指で回す桐谷先輩。

「約束してたわけじゃないのに、なんで怒るんだろうね」

「そりゃあ……」

好きだからでしょ、と言いかけてやめた。〝ワガママ〟も〝独占欲〟も、彼が交際するのがわずらわしいと思っている要因のどまん中だろうから。

話をそちらへ持っていきたくない。だって、私が目の前の彼に対して感じるものも同じで、昨日の〝ダメ〟発言も、根っこはそれだから。

「桐谷先輩にはわからないでしょうね」

「わからなくてもいいや、めんどくさそうだし」

「…………」

緩く笑って葉っぱに口を寄せるその仕草は、まるでキスみたいだ。この男、〝知っている〟のに〝わからない〟んだ。私の気持ちも、さっきの彼女の気持ちも見透かした上で、めんどくさいから、自分に経験がないから、だから理解する気も受け入れる気もない。踏みこまれると、ボーダーを引く。

「今日は来ないの？　美術室」

光を背に受けて、私に影を作りながら聞いてくる桐谷先輩。

「塾に……行くから」

今日は日直のせいで時間がないから、部活には寄らずに塾へ行く。バスの時間まで、もうすぐだ。

「ふーん。今度の火曜日は？」

「…………」

さっきといい、今の言い方といい……なんだろう、いちいち期待してしまいそうになる。そんなの無意味で無駄なのに。

「……行きますけど」

「そう」

目を伏せたまま微笑んだ彼は、「じゃあ、また火曜日にね」と言って、美術室の方へと歩いていった。桐谷先輩の背中を見送った私は、ゆっくりと校舎の方へ足を進める。中庭の緑たちは、夕方色の光をこぼしていた。

『ダメだよー、遥にハマっちゃ』

そんなの、知ってる。初めて会ったときから知っている。でも、彼が描く、光をまとった抽象画のように、彼自身の色に引きこまれずにはいられない。

たぶんもう……手遅れなんだ。


数日後。

「舞川さんて可愛ーよなぁ、彼氏いんのかなー」

「いないらしいよ」

「マジ!?」

中野《なかの》くんがすごい勢いで、視線を手もとの携帯から私の方へ身体ごと向ける。

中野くんというのは涼子の幼なじみだ。涼子同様中学から一緒で、涼子を介して話すようになった。放課後、たまたま教室を出るのが一緒になり、三人で喋りながら階段をおりる。

「彼氏いないイコール付き合えるじゃないからね、ナカ」

「わかってるよ」

「………」

涼子と中野くんの話を横で聞きながら、好きな人いるけどどね、彼女、と伝えるかどうか迷ったけれど、結局言わなかった。

階段をおりると、「じゃーね」とおたがいに言って別れる。私は美術室へと足を進めた。

今日は火曜日。桐谷先輩が必ず来る日だ。

彼はいつも私より遅く来るってわかっているのに、早足で美術室へ向かっているのはなぜだろう。『じゃあ、また火曜日にね』と言ったその声と顔が、脳内でリピート再生されているのはなぜだろう。

美術室の前まで来た私は、走ってきたわけではないのに、息を短く吐き、深呼吸を二回してからドアに手をかけた。

何人かすでに来ているのが外からでもわかっていたので、

「こんにちはー。お疲れ様です」

と、いつものように挨拶をする。

「…………」

……あれ？

入って一歩目で、何か変な雰囲気を察知した。部長とまり先輩含めて六人の先輩部員が、美術室のうしろのほうで固まって立っている。

いつも笑顔なのに神妙な面持ちのまり先輩が、私が入ってきたことに気付き、ようやく「あ、水島ちゃん」と声を出した。

「……どうかしたんですか？　何か……」

言いながらみんなのところに近付く。そして近付くにつれて、あ、桐谷先輩のイーゼルがあるところだ、となんとなく思った。

「……え？」

最初見たとき、イーゼルにかけられているのがキャンバスだってわからなかった。

「何これ？　なんで……」

だって、あまりにもぐちゃぐちゃだったから。黒の絵の具で上から荒く塗りつぶされ、カッターか何かでキャンバスに切りこみが入れられている。葉脈を押しあてて描かれた一部分がかろうじて見えなければ、あの、繊細できれいで光を伴った桐谷先輩の絵だなんて到底思えない。

「…………」

言葉をなくしてしまった私は、他の部員と同じように、キャンバスの前で佇んだまま固まる。

「最低だ、こんなことするなんて。一体、誰が……」

いつもニコニコしている部長も、この状況では、眉間にしわを寄せ、怒りをあらわにしている。

あんなに楽しそうに、あんなに夢中に描いていた絵。それなのに、なんでこんなことに……。

私はきゅっと下唇を噛んだ。怒りと悲しさで、目頭が熱くなる。

許せない。こんなひどいことをするなんて……。

「……何してんの？　俺の絵に群がって」

そのとき、美術室のドアが開いて、このキャンバスの主の声が静かに響いた。

「……あ」

みんな、何も答えられない。部長が、「……桐谷の絵が……」と言いかけたときには、すでに桐谷先輩は近くまで来て、固まっている私たちの隙間から自分の絵をしっかりと目に入れていた。

「うわ。悲惨」

もっと驚くかと思っていたけれど、彼は乏しい表情で抑揚のない声を出した。

「俺が来たときには、すでにこんなことになっていて……」

部長の説明に、

「……ふーん」

と言う桐谷先輩。自分の絵の前まで行くと、その黒いキャンバスをじっと見て、首を傾けた。そして、

「とりあえず、修復不可能だね」

と言ってキャンバスの端を持ち、美術準備室の方へ歩いていく。

みんなでそのうしろ姿を見ていたけれど、彼が美術準備室に入ったところで、いてもたってもいられず、私は思わずあとを追った。中へ入ると、奥に置かれた廃棄用のキャンバスの山に自分のそれを乗せる桐谷先輩の背中が目に入る。

「捨てるんですか？」

「捨てるよ」

「ホントに捨てるんですか？」

「ホントに捨てるよ。何？　続き、水島さんが描いてくれるの？」

ずっと背中しか見せていなかった桐谷先輩が、ゆっくり振り返る。無表情というか、むしろ薄く笑っているような顔に見えて、私はきゅっと下唇を噛む。

「なんで怒ってるの？　珍しいね、そんな顔するの」

「なんで怒らないんですか？」

「新しいの、描けばいいから」

淡々と返されて、私は地団太《じだんだ》を踏みたい気持ちを抑え、桐谷先輩のすぐそばまで行った。そして、彼のうしろの、山積みにされているキャンバスの一番上の絵に視線を落とす。

「…………っ」

気付けばしゃがみこみ、それに手を伸ばしていた。

「あんな……、あんなにきれいな絵だったのに」

キャンバスの黒に染まる視界に、涙でいくつもの亀裂が入る。両手でキャンバスを持って自分側に近付けると、桐谷先輩が私の腕を持ちあげるように引いた。

「ねぇ、制服、汚れるから」

「こんなになるんなら、昨日こっそり盗んで、部屋に飾っとけばよかった」

ポロポロと出てくる大粒の涙が、キャンバスにボタボタ落ちる。涙が出るのは久しぶりで、止め方を思い出せない。

「いいから、もう」

「うー……。悔しい」

「…………」

「悔しい悔しい悔しい」

そう言いながらうずくまる私に対し、桐谷先輩はもうなにも言わなくなった。しばらく、私の小さな嗚咽《おえつ》だけが美術準備室に響く。

もしかしたら、ほんのわずかな時間だったのかもしれない。でも、私にとっては結構長く感じられた沈黙。それを破ったのは、私の横に同じようにしゃがんだ桐谷先輩の制服がこすれる音だった。

「あーあ。ほら、やっぱり黒くなってる」

そのとき、離された腕。そこでようやく私は、今の今まで腕をつかまれたままだったということに気付いた。

「マニキュア落とすヤツとか、家に持ってる？」

今度は色がついてしまった制服の袖を見るべく、その手首をつかまれる。

「え……、あ、……はい」

「ダメ元だけど、帰ったら一度それで落としてみて」

「……はい」

この前と同じアングル。至近距離。会話がとぎれると、その視線は、私の制服の袖から私の顔へと移された。

「ひどい顔」

「……っ！」

「でも、泣いてくれてありがと」

すかさずそう言った先輩は、ポンと私の頭に手を置いてすぐに離し、すっくと立ちあがった。

「…………」

何も返せぬまま彼の顔を追うと、私を見下ろすその顔は、優しい顔をしていた。

「先に向こうに戻るから、落ち着いてから出てきたら？　あと、その絵はちゃんとそこに戻しといて。また汚れるといけないから」

「……は、い」

私がそう返事をするのを確認すると、美術室の方へ踵を返す桐谷先輩。二、三歩進んでから「あ」と言って振り返った。

「ねぇ、水島さん。今日このあと、付き合える？」

「どこにですか？」

「林」

「……林？」

しゃがんだ体勢のままの私の顎から、さっきの涙の残りがひとしずく落ちた。

「うわぁ……」

高校の裏手にある林は、通ったことはあるけれど、中まで入ったことはなかった。しばらく歩いて、少し草木が生い茂っているところを無理やり抜けると、景色が一変。薄暗かったのに急に明るさに溢れ、視界が一気に広がる。

「すごい、道路があんなに下に見える」

そこまで広くはない場所で、秘密基地にうってつけな感じだ。ここから見える空も、下に広がる街並みも、まるで独りじめしているような気分になる。

あのあと、美術部の先輩たちの好奇の目をくぐり抜けて、ここまでやってきた。事情が事情なので誰も何も言わなかったけれど、赤くなってしまった目には気付かれたかもしれない。

塾は休んだ。バスの時間に間に合わなかったんじゃなくて、初めて自分の意志で休んだ。

正直、さっきの出来事を思い出すと、悔しくて悲しくて、どうしても納得がいかない。すばらしい作品ができあがっていく過程を見ていたからこそ、楽しそうに描く桐谷先輩を見ていたからこそ、やりきれなくて、今でも涙がこぼれそうになる。

けれども、桐谷先輩に連れられてきたこの場所は、そんな憤《いきどお》りと悲しみをほんの少しだけ静めてくれている気がする。

「あんまり前まで行くと落ちるよ」

「こんな場所があるなんて知らなかった。他の人も知ってるんですか？」

「知ってる人もいるかもしれないけど、来るときはいつもひとりで来るし、先客はいたことない」

桐谷先輩は、そう言って草の上に直で座った。そして、なにやらバッグの中をゴソゴソしている。

「へぇ……」

風景を見るふりをしながら、『いつもひとりで来る』というその言葉に、私は胸をくすぐられていた。ふたりだけの秘密みたいな感じで、この時間も空間も宝物入れにしまっておきたくなる。

「え？　クレヨン？」

私は思わず声をあげた。桐谷先輩がバッグから取り出したものを見ると、スケッチブックとクレヨンだったからだ。

「うん。水島さんも使っていいよ、ここ置いとくから」

「え……、あ、……はい」

当たり前のようにそう言われ、紙もスケッチブックから一枚破って手渡される。そして、バッグを枕にして草むらに仰向けに倒れる桐谷先輩。一メートル横に寝転がる彼とぶつかるわけもないのに、私は突然のことに身をそらしてしまった。

「なんでもいいから、お絵描き」

桐谷先輩はそう言って、開いたスケッチブックを胸に乗せたまま、なぜか目を閉じた。一見、昼寝である。

「…………」

自由だな……あいかわらず。

心のなかでそうつぶやいた私は、仕方がないので、とりあえずその場で体育座り。そして、わけがわからないまま、そっと自分のバッグからノートを出し、それを下敷き代わりに一枚のスケッチブックを太ももの上に広げる。悩んだあげく、水色のクレヨンに手を伸ばした。

風が心地よく通り、草木を揺らしている。モンシロチョウが黄色のクレヨンにとまり、私が他の色を戻したことでまた飛んでいった。

のどかな時間だな、と手を止めて空を見ていると、横の人がガバッと起きあがり、急にスケッチブックに色を塗り始める。

「…………」

驚いて声が出そうになるのを、手で覆ってかろうじて抑えた。真剣、それでいて心底楽しそうな彼の横顔に、いつぞやと同じように息をのむ。たぶん、今、私が隣にいること忘れてるんだろうな、ってわかるくらい没頭している。

次々と塗られていくクレヨンは、まるで彼の指で踊っているみたいだ。使われていない色たちも、彼に取ってもらえるのを期待しているかのように見える。

あー……。人が夢中になっている姿って、なんでこんなにきれいで、なんでこんなにうらやましいんだろう。

そんなことを思いながら、私は自分の絵に目を戻し、空と街並みの色塗りを再開した。

「なんか思った。ここ来たら、水島さん、空と街描くだろうなって」

気付けば私も夢中で絵を描いていて、横から桐谷先輩に声をかけられたことで、ハッとした。あげた顔を再度自分の手もとに戻すと、可も不可もない空と街の縮図。

「十人いたら、八人は描くような構図だね」

「だって、描かなきゃ申し訳ないくらい素敵な景色だから」

性格出てるね、と言わんばかりの顔の桐谷先輩に、負けずに言い返す。仕方ないじゃないか。先輩と違って、私は凡人なんだから。

「ていうか、急に話しだすから驚いたじゃないですか」

「さっきからずっと見てたけど」

「ひと声かけてください」

「なんで？」

「はずかしいからですよ。桐谷先輩みたいに、絵、うまくないし」

そう言って、視線を落としてうつむき、表情を隠した。ずっと見てた、ってぜんぜん気付かなかった。絵を見ていたんだろうけど、そんなこと言われたら照れてしまって、どんな顔をしたらいいのかわからない。

「そう？　最初のころに比べたら、だいぶよくなってきてると思うけど。色が生きてる」

「それは……」

桐谷先輩と一緒に、りんごをめちゃくちゃな色で塗ってからだ。そう思ったけど、なんとなく気はずかしくて言えなかった。

「桐谷先輩はどんな絵描いたんですか？」

「こんなの」

そう言って見せてくれた絵は、クレヨンの色を全部使ったんじゃないかってくらいカラフルで、不ぞろいな幾何学《きかがく》図形が弾けたような、元気をもらえる絵だった。私みたいに、景色を忠実に描いたものじゃなくて、桐谷先輩らしい、自由で光を放っているような抽象画。

「絵っていうか……色遊びって感じですね。でも、なんか、……なんだろう。ワクワクするっていうか、色が飛んだり跳ねたりして期待に満ち溢れてる、って感じがする。すごい、クレヨンなのに」

心から感動して、そのスケッチブックに吸いこまれるように見入る。

「………」

桐谷先輩が何も言わないので、会話がとぎれた。モンシロチョウがまた戻ってきて、私たちの前をフワフワ横切っていく。

「……なんかすごいね、水島さん。俺が言葉にできなくて〝無題〟にしてるのに、俺の言い表したいことドンピシャで言い当ててる」

間をあけて口を開いた桐谷先輩は、私を感心した目で見る。

「たまたまですよ。私の一方的な見方だし、抽象画って、ほら、感覚的なものだから」

そう言いながらも、内心嬉しい自分がいる。だってそれって、桐谷先輩と感覚が似ているっていうことだから。

「そうだね」

桐谷先輩が、なんとなく満足げな顔で笑ったような気がした。夕方の光を直接左頬に受けて、まるでドラマにでも出てきそうな、きれいな顔だ。

「クレヨンが友達だったんだ」

「はい？」

急に話が変わったもんだから、私は数回瞬きをして、聞き返すように顔を傾けた。

「親も家にいること少なかったし、友達付き合いも好きじゃなかったし。毎日絵を描いてた。描いてたっていうか、色で遊んでた」

「……………」

あぁ、小さいときの話……。

「人間と違って、絵は裏切らないからさ。頭の中の抽象が、自分の力量相応にキャンバスに反映される。逆に言うと、絵の前では嘘がつけない」

「……………」

「すごくシンプル。だから、好き」

そう言ってふわりと笑った桐谷先輩。

表面的というか、あまり自分の領域に他人を踏みこませないような雰囲気の所以《ゆえん》がわかったような気がした。この人にとっては、人間より絵なんだ。信用に値するものが。

私は桐谷先輩の言っていることを、頭の中で何度も繰り返した。彼が特別に教えてくれることを、ひとつでも取りこぼしたくはないと思った。ちゃんと理解したいと思った。でも……。

「なんでそんな話……するんですか？　私に」

まっすぐ彼を見てそう聞くと、

「うー……ん、なんでだろ。今日のこと、水島さんが俺以上に悔しがってくれたから、かな？」

と答えが返ってくる。

「思いのほか嬉しかったのかも」

「……かも？」

「うん。かも」

そう言ってふわりと笑った桐谷先輩は、いつもより幼く見えた。

彼は、そんな大好きな絵があんな無残に引き裂かれて、どう思ったのだろうか。どんな気持ちで、美術準備室の廃棄キャンバスの上に重ねたのだろうか。

そう思ったらまた涙がにじみそうになり、私は空を見上げた。

薄くオレンジがかってきた淡い水色をバックに、鳥が数羽連なって飛んでいく。私の心のなかは今、勉強よりもお母さんよりも学校よりも部活よりも桐谷先輩の作品よりも、隣に座る彼本人の色でいっぱいになっていた。

「アメ」

「………」

「持ってる？」

「……はい。どうぞ」

うしろの席の桐谷先輩にレモン味ののど飴を手渡す。

夜七時、帰りのバスの車内。彼の友達が降りたあとのわずかな時間を、私はさっきまでの余韻が覚めぬまま過ごしていた。

今日はいろいろあって疲れていた。たぶん、桐谷先輩も同じだろう。ふたりとも口数が少なかった。けれども、なぜか嫌ではなかった。

「………」

心地よく揺れるバス。薄暗い中、さほど明るくもない照明の下、昼でもなく夜でもない、少し非日常を感じさせる独特な時間。横向きに座る私と、そのうしろの席から私の背もたれに腕を預け、口の中で飴を転がしながら外をぼんやりと見ている桐谷先輩。乗客は前の方にあとふたりいるけれど、私の視界には窓ガラスに映る彼と私しか入っていない。まるで、切り取られた空間だ。

この空気の優しさに、自惚れてしまいたくなる。彼の恋愛に対する意識を知りつつも、やんわりと釘を刺されているにもかかわらず、伝えずにいられなくなってしまう。

「桐谷先輩」

「んー？」

「好きです」

初めて異性の前で口にした好意。視線は、斜め上にある顔には向けられず、斜め下の座席の脚の方へ落としたまま。

「うん。ごめんね」

彼の口調にはためらいが微塵《みじん》も感じられなかった。でも、思いのほかやわらかい声で返ってきた。最初から、わかっていたはずの答えだった。

「好きなままでも……いいですか？」

「ダメ」

彼の口の中の飴が、右頰から左頰へ小さな音を立てて移動し、カリ……と音がした。

「こんな感じのままがいい。男対女になりたくない」

「私、女です」

「ハ。そうだね。覚えとく」

桐谷先輩は薄く笑った。私の告白の緊迫感を、たやすくほどく。

私にとって、初めての告白だった。もっと、悲しくて涙が出るものだと思っていたけれど、わかっていたからだろうか、涙の予兆は感じなかった。

「アメ、おかわり」

「……はい」

まるで何もなかったかのように催促されて、最後のひとつだった飴を手渡す。彼の指先がほんの少し、私の手のひらに触れた。

涙は出ないけれど、この一瞬の温度に胸が高鳴るのが自分だけなのかと思うと、空しかった。

【4】

「えー……っと、ちょっと待って。知らないうちに、なんで話がそんなに進んでるわけ？」

そばをすすったあと、涼子が衝撃たっぷりの目を向ける。彼女に付き合って学食でお弁当を食べながら、昨日の話をしているところだ。涼子には、桐谷遥が男だったという話はしていたものの、好きになってしまったということは言っていなかった。

「つーか何様だ！　このままがいいなんて女を、林に連れ出していいと思ってるの？」

箸を振りあげながら、なおも続ける涼子。私はまわりのテーブルに聞こえてしまうのがはずかしくて、「涼子、声大きい」と小声でとがめる。

「だから、いろいろあったの。いろいろあって、なんか伝えたいって思っちゃって自爆しただけだから」

そう言うと、細めた目でいぶかしげな顔をする涼子。

「美術部は続けるの？」

「続けるつもりだけど……」

だって、ちょっと絵も楽しくなってきたし、何より桐谷先輩とその作品とのかかわりを断ちたくない。

そもそもはただ、桐谷遥っていう作者のファンだったんだ。だから、好きの種類をそっちにシフトして戻していければいいと思う。時間はかかるかもしれないけど。いや、絶対かかるけど。

「あーあ、出たよ。抜け出せないパターン」

「なんで涼子にわかんのよ。恋愛経験ないくせに」

「少女マンガなめんなよ」

かっこ悪いセリフをキメ顔で言われて、私は無言でお弁当を食べる。

わかっている。報われない、でもかかわっていたい、なんて不毛も不毛だってこと。

「あ、そういえば、一個頼まれごとがあったんだった」

私が考えごとをしている間もこんこんと恋愛について説《と》いていた涼子が、急に話題を変える。

「何？」

「ナカから言われてたんだけど、沙希、舞川さん誘って一緒に遊びにいける？」

「中野くん？」

「うん。ナカがとにかく舞川さんと接点持ちたいらしくってさ、ナカの友達も一緒に男三人女三人で遊びにいこうって。あ、私も強制連行らしいんだけど」

「えー……。舞川さんを誘うのはともかく、私はちょっと……」

「そこをなんとか！」

「うわっ！」

急に背後から湧いてきたのは、中野くん本人。私も涼子も驚いて、拝みに拝んでいる中野くんを怪訝な顔で見る。

「ごめん、近くを通ったらふたりが話してるとこ見かけて、直談判しにいこうかと思ったら、ちょうどその話してたから」

「あー、ビックリした。話しこんでて気付かなかった」

そして中野くんは、正面で胸を撫でている涼子の横に座った。

「でさ……」

私の目をしっかり見て、説得を始める中野くん。

なんか、かわいそうになってきた。ていうか、ここまでされたら断りづらいじゃないか。

「あー……、うん。いいよ」

「あっ、こっちこっち、桐谷！」

私の言葉にかぶせて、隣の席の男子の集団のひとりが声をあげた。

……え。

その声に反応して顔を向けたら、少し離れたところで振り返ったばかりの桐谷先輩と目が合った。

「マジで!?　やった、ありがとー、水島さん」

感激して身を乗りだし、私の手を握る中野くん。ぎょっとした私はそのまま固まり、握られた手をぶんぶんと上下されるがまま。

そして、視界に入ったのは、隣の集団の席に座った、昨日告白した相手。

「どこ行こっか？　どこ行きたい？」

舞川さんがOKするかどうかはわかっていないのに、中野くんは目をキラキラさせて聞いてくる。声が大きいから、たぶん桐谷先輩にも聞こえている。ていうか、視界にも入っているはず。

気まずい。なんか、私、昨日フラれたから他の男の人を探そうとしている人みたいじゃん。

「桐谷、お前遅かったな。どこ行ってたの？」

「枝拾ってた」

「また？　ホント絵のことばっかだな」

隣の席から、桐谷先輩たちの会話が聞こえてくる。意識がそちらに集中してしまっているからかもしれないけれど。

「動物園は？　ほら、リニューアルオープンしたって言ってたし」

中野くんの声に、隣に持っていかれていた聴覚をこちらへ戻す。

「あー……。うん、いいと思うけど」

「よし、決まり！　今週末ね」

嬉しそうにそう言った中野くんは、手に持っていたパックジュースを飲みほし、「じゃーね！」と勢いよく去っていった。

「あいつ……、舞川さんがOKするかどうかもわかってないのに」

そばをすすった涼子が、中野くんの背中を見送りながら、私が思ったことと同じことをつぶやいた。

所せましと並んでいる、机と椅子の数々、それに座る人たち。ザワザワと各々で話している会話、いくつもの音が不ぞろいに集合している中、私の意識は、やっぱり隣の隣の隣に座っている桐谷先輩にあった。

彼は昨日ひどいことをされた絵のことで、落ちこんでいないかな。そんなときに告白しちゃった私のことを、内心呆れているんじゃないだろうか。

そんなことを考えながら、涼子の話も上の空でお弁当を食べた。

食べ終えた私は涼子とともに席を立ち、桐谷先輩のうしろを通って出入り口へと向かおうとする。……と、足もとに、茶色っぽいものが落ちているのに気付き、足を止めた。

あ……。枝だ。

細くて、いくつも枝わかれした、十センチちょっとの木の枝。すぐに彼のものだとわかった私は、それを拾って、桐谷先輩の背後から、

「先輩。落とし物です」

と声をかける。

彼の横の男子生徒は少し驚いていたけれど、とくに表情を変えない桐谷先輩は、

「あぁ」

と、いつぞやと同じようにゆっくりと体半分で振り返って私を見た。

いつもと違う場所、人がたくさんいるなかで言葉を交わしているということに、なんだか違和感と緊張を覚える。

「いいよ。ひとつくらいあげる」

聞いたことがあるようなセリフを返され、私は、

「いや、だから、いらないです」

ととっさに返す。その瞬間、ハ、と笑われて、手のひらから取られる小枝。

「楽しんできてね、デート」

そして彼は、さらりとそう言った。

「え？　や、それは……」

中野くんとのことを勘違いされているとわかり、説明しようとするも、桐谷先輩の

隣の男子生徒が、

「いいなー、桐谷。一年の子に知り合いいるんだ？」

と、ちょっかいを出してくる。

「部活の後輩」

「へー。ずりーよな、文化部は。俺野球だから、女の子マネージャーだけだし、その子もぜんぜん……」

おしゃべり好きらしく、桐谷先輩の横で長々と話しだす友人さん。私は話そうにも離れようにもタイミングを取れずに、その場で直立不動。

「いいよ行って、水島さん。コイツ話長いから。友達待ってるでしょ」

涼子の方へ視線を送り、桐谷先輩は小声でそう言ってくれた。

「……はい、じゃあ……」

すでに他の友達に話を広げているその彼をチラリと見て、反対方向を見ているうちに、私はそそくさと退散した。誤解されたままだということが、なんとなく嫌だなと思いながら。

「舞川さん、重くね？　そのバッグ。俺、持つし」

「ううん、大丈夫だよ。ありがとう」

「あ！　のど渇いたでしょ？　俺、ジュース買ってこようか？」

「だ、大丈夫」

「わー、見て見て、ペンギン！　舞川さんペンギン好き？　俺、超好き！」

「ハハ……」

目の前を歩く中野くんと舞川さんを見ながら、私は舞川さんに対して申し訳ない気持ちでいっぱいになっていた。

今日は土曜日。先日頼まれた動物園デートの日だ。

部活のときに舞川さんに話したら、快くOKしてくれた。無論、こんな猛アタックされるなんて思っていなかったからだろうけど。

中野くんのテンションの高さに、他のメンバーは誰もついていけていない。しかも、彼は最初から舞川さんの横を死守しているもんだから、対応する彼女が不憫《ふびん》でならない。

「うっわー、すごっ！　見てよ、沙希。あのライオンの眼光、痺れるわー」

……ここにいた。中野くんに負けないくらいのテンションの女が。

「ぐは。ヤバい。私、あのライオンに見初められてんじゃない？　私から視線外さないんだけど」

「おいしそうって思われてんじゃない？　涼子」

「ハハッ」

横に並んで話していた私と涼子のうしろで、中野くんが連れてきた男子のひとりが吹き出す。その声に振り返ると、彼は、

「最初から思ってたけど、ふたりって漫才してるみたいだよね」

とクスクス笑った。

中野くんと同じバスケ部だと言っていた、爽やかで優しそうで背が高い彼は、是枝《これえだ》くん。舞川さんは中野くんがキープしていて、残る私と涼子なんて眼中にないだろうに、ニコニコとしながらこの茶番に付き合ってくれている。

「でも、せっかく俺らもいるんだから、話に入れてよ」

「わーお、ナチュラル。是枝くん、モテるでしょ？」

すかさずそう返す涼子に、涼子がモテない所以はこういうところにあるな、と呆れる。

「おい」

そのとき、斜めうしろからぐいっと肩を引かれた。突然のことにビックリした私は、

「ひっ！」

と、変な声をあげてしまう。

「ぼーっとしてんなよ。階段踏み外すぞ」

荒々しい言葉遣いの主を見ると、中野くんが連れてきたもうひとりのバスケ部仲間の、……えーっと、たしか、諏訪《すわ》くん。

驚いたけれど、足もとを見て、下る階段に差しかかっていたことを知り、

「あ……りがとう」

とお礼を言う。

諏訪くんは是枝くんとは対照的で、背は三人の男子の中で一番低く、いつもちょっと怒っているようなへの字顔。口調もちょっときつめだし冷たそうな人だと思っていたけれど、助けてくれたことで、少しだけその印象が変わった。

途中、屋根つきのベンチがあったので、そこで休憩することになり、涼子と中野くんはそれぞれトイレに、諏訪くんと是枝くんはみんなの飲み物を買いにいってくれた。

ふたり残された私と舞川さんは、ベンチに座ってゾウを見ながら、今日やっとまともな会話をする。

「舞川さん、今日ごめんね……なんか」

「ぜんぜん大丈夫だよ。楽しいよ」

舞川さんは優しく笑ってそう言う。

いい子だな、舞川さん。ほんと可愛くて、優しくて、男子からも女子からも好かれ

てて、絵も上手で……。

いつものようにそう思いながら、ゾウが飼育員さんからリンゴを鼻でもらったのを皮切りに、思いきって口を開く。

「桐谷先輩の絵のことだけどさ……」

「……あぁ、うん。ショックだよね。あとから聞いたんだけど」

舞川さんの表情が、私と同じように曇った。

そうだった。あの日、舞川さんは来ていなかった。私と桐谷先輩が外に出てから来たのかもしれないけれど。

「あんなことできる人がいるなんて、信じられないよね」

私の言葉に、舞川さんは神妙な面持ちでうなずき、静かに口を開く。

「まり先輩から聞いたんだけど、あの作品、志望の美大側に推薦の判断材料として提出を課されていた作品だったみたい」

「え？　推薦の？」

そんな大事な作品だったってことに衝撃を受け、私は口に手を当てて言葉を失う。

「そう。だから、もしかしたら三年生で、同じ志望大学の人のやっかみとかかもしれないって、まり先輩言ってた」

「それって……」

私は舞川さんと顔を合わせる。たぶん、同じようなことを考えていると確信した。そんな話をしていると、舞川さんがふいに、

「そういえばさ」

と、切り出した。

「あのあと、桐谷先輩と沙希ちゃん、一緒に美術室を出ていったって聞いたけど……どこ行ったの？」

「え？」

舞川さんは、ほんの少し照れているような、それでいてうかがうような視線を向ける。私は、舞川さんが桐谷先輩のことを好きだということを思い出して、

「えと……、は、林に行ったんだけど、たぶん、絵を見て泣いてしまった私を慰めるためだったんだと思う。何もないよ」

と、しどろもどろになりながら答えた。「そっか……」と言った舞川さんは、しばし押し黙る。私は、なりゆきとはいえ先輩に先に告白してしまったことに、小さな罪悪感を覚えた。

「…………」

でも、こんなに何もかも持っている子が、そういうのを気にするんだ。心配するようなことなんてないのに。だって、告白したところで、結局先輩は、私なんて眼中に

なくて……。

心のなかでつぶやきながら、胸が痛くなる。自分で自分の首を絞めて、なんかバカみたいだ。

「桐谷先輩とは、ちょっと距離を置いたほうがいいんじゃないかな」

舞川さんの太ももに置かれた手が、ワンピースの上でギュッとなった。私は、ちょっと驚いて、「えっ？」と聞き返す。

「えっと……なんていうか……」

言葉を探そうとしている舞川さん。察した私は無理に笑顔を作って、

「そ、そうだよね。迷惑だろうし、ホント……」

と返した。そのとき。

「ただいま」

「わっ！」

ビックリして、私も舞川さんも、ほんの少しお尻が浮いた。戻ってきた諏訪くんが、両手で缶ジュースをかかえながらうしろに立っていたから。

「こ、是枝くんは？」

「電話かかってきて、あっちで話してる」

諏訪くんが木のテーブルにジュースを置きながら顎で示す方向を見ると、少し離れ

たところの木の陰で携帯を耳に当てている是枝くんが見えた。

「私もちょっとトイレ行きたくなっちゃったから、行ってきてもいいかな？」

急に立ちあがった舞川さん。

「え？　あっ、いいよいいよ。行ってらっしゃい」

私はなんだかアタフタしながらうなずき、舞川さんをトイレへと送り出して手を振った。彼女のうしろ姿を見送った私は、なんだかとても微妙な気持ちで顔を戻す。

「……女って、こわ」

「聞いてたの？」

「聞こえてきた」

私の横に座って、ベンチに背を預ける諏訪くん。

「……舞川さんいい子だよ」

「いい子ほど腹の中に何か隠してるだろ」

諏訪くんはそう言ってコーラの缶を開け、炭酸なのにゴクゴク飲み始めた。「好きなの飲めば？」と言われたので、私はオレンジジュースをもらって、ひと口飲む。

この人、裏表なさそうだな、と思った。加えて、意外と話しやすそうな雰囲気に、この人になら相談できるかも、と勝手に親近感を持ちだす。

「一個、質問していい？」

缶を両手で握って膝に置き、諏訪くんの方を向いた。

「何？」

「フった相手が、一緒の部活だったりバスだったりって、どう思う？」

少し難しそうな表情になった諏訪くんは、「うーん」と言ったあと、

「どうって……、そりゃ、気まずいし嫌だよ。本人そのつもりじゃなくても」

と答える。

「わりと話す相手だったら？」

もっと気難しい顔になる諏訪くん。腕を組んで、彼なりに真剣に考えてくれている。

「仲がもともとよかったんだったら、うーん、そうだな……。自分のことふっきって
くれるっていうか、他に彼氏とか作ってくれれば気を遣わずにすむし、今までの関係
保てるかもしれないけど」

そっかー……、と空を見上げる。

「何？　水島さんて、フラれてるのに、まだ仲よくしときたいの？」

「あっ、友……」

「友達の話だとか嘘つくの、だりーよね、マジで」

「……私の話です。はい」

コーラをグビリと飲む音が横から聞こえる。

「さっき話してた、なんとか先輩？」

「……うん」

「部活とバスで会うの？」

「うん」

なんとなく黙秘権を奪われている気がして、私は素直に答えてしまう。諏訪くんはもうひと口コーラを喉に流しこんで、ゾウの方を向いたまま、

「あの舞川ってヤツの言葉は、あながち間違ってないかもな」

と言った。

「一ヶ月くらい休んでみたら？　部活」

「え？」

「距離を置くってヤツ。案外、会わなければ薄れていくかもよ、気持ち。それでも変わらなければ、またそこで考えればいいし」

「そ……そうかな」

そうかもしれない、と思うと同時に、この気持ちが薄れていくことに、かすかなさみしさみたいなものを感じる。矛盾している。消したい気持ちなのに、なくなってしまうのがさみしいなんて。

「なんか……相談に乗ってくれそうなタイプじゃないのに……ありがとう」

「おい、ひと言余計だろ」

あからさまに嫌な顔をした諏訪くんに、私はアハハ、と思わず笑ってしまった。初めて喋る男の子の前で笑うなんて、私にとっては初めてのことだった。


「沙希、ちょっといい？」

動物園から帰ると、玄関を開けるや否や、お母さんにそう言われた。

あ、ヤバい……。

お母さんの表情と語気に、瞬時に非常事態を察知する。私は、重い心持ちで、お母さんのうしろをついて行き、リビングのテーブルの椅子に座った。

「今日ね、渡辺さんのお母さんとそこで会って」

三軒隣の渡辺さんち。その娘は私と高校は違うけれども、塾が同じだ。

「娘さんと話したときに話題が出たらしくてね、沙希が最近塾を休みがちだって言ってたらしいの。火曜日に休むことが多いって」

「…………」

「帰宅時間は塾の日と同じだったわよね？」

「…………」

正面に座って問いかけてくるお母さんの目を、ちゃんと見れずにうつむく。

「どういうことなの？　正直に言いなさい」

鼻から息を吐いて、苛立ちをにじませるお母さん。リビングがまるで、取調室みたいだ。

「……部活に」

私は、美術部のことを話すことにした。桐谷先輩のことは言うつもりはないけれど。

「美術部に仮入部してて、バスの前の三十分間だけ行ってるの。たまに絵に没頭して、バスの時間逃がしちゃったりして……。だから……」

「火曜日だけ？」

「……たまたま」

火曜日は、桐谷先輩が必ず来る日だ。そんなことは……言えない。

「バスに乗り遅れて塾を休まなきゃいけなくなるくらいなら、やめなさい」

「………………」

私は、本当に予想どおりのことを言ってくるお母さんに、心のなかで大きくため息をつく。

「放課後をそういうことに使っている人たちと差をつけさせるために、塾に行かせてるのよ？　三年間で合計したら、かなりの……」

始まった。ここからが長い。延々と続く。私はやっぱり、今までの自分を変えることができずに、お母さんの言うことにひたすら「はい」を返した。

どうせ、諏訪くんの言葉に影響されて、しばらく部活を休もうかなって思っていた。すんなり辞めるために仮入部のままだったんだし、いい機会なのかもしれない。

私はそう、自分に言いきかせた。

【5】

「梅雨入りですって」

廊下の窓のところの棚に頬杖をついて、朝から降り続ける小雨を見ながら涼子が話しかける。

「へー」

私はその横で、今日の塾で小テストがある英単語の暗記。

「頑張るねぇ」

「涼子も一緒に通う？　塾」

「ご冗談」

湿気で、身体も心もジトジトする。美術部に顔を出さなくなって、二週間が経っていた。

「あ！　水島。ちょうどいいとこいた！　そっちのクラス今日数学あった？　教科書貸して」

「あー、はいはい」

通りがかった諏訪くんに、教室から教科書を取ってきて渡すと、

「サンキュ」

と言われ、お礼にフリスクをケースごともらった。

「ひと粒しか入ってないんだけど」

「おう」

おう、って……。捨てといて、って意味が含まれているように、ニカッと笑った諏訪くん。私は、仕方なくそのひと粒を口に入れて、空になったケースをポケットに入れた。

「水島さん、怒っていいとこでしょ、そこ」

諏訪くんと一緒だった是枝くんが、クスクスと笑う。

「沙希はね、感情表現が乏しいんだよ」

涼子が横からそう言うと、

「そうか?」

と、諏訪くんが意外な顔をした。

この二週間で変わったことといえば、このふたりとわりと仲よくなったことだ。休み時間、廊下ですれちがったりすると、他愛のない立ち話をすることが増えた。

「沙希さー」

「んー?」

諏訪くんと是枝くんがいなくなり、また英単語覚えを再開した私は、涼子に適当に返す。

「諏訪くんといい感じ」

「何それ」

ふ、と鼻で笑う。

「なんか、合ってる。沙希には、ああいう気さくで話しやすくて女にうとそうで単純そうな同級生のほうが、いいと思う」

「それ、諏訪くんに言ったら殴られるよ」

涼子が比べているのが誰なのかはあきらかだったけど、私は口に出さなかった。友情から始まる恋がどうのこうの、と続けて熱弁している涼子の横で、私はまた英単語帳に視線を戻した。


「水島は、小テストの結果とか見てても安定しないな」

「はい……すみません」

「すみません、て。先生のために頑張ってるわけじゃないだろ？　自分のためだろ？」

「……はい」

「やる気はあるの？」

「……はい」

「今週末は二回目の模試だから、気を抜くなよ」

「……はい」

塾での個人面談を終えた私は、重い足取りで自習室に戻る。授業が一コマ削られて面談時間にあてられたから、チャイムがなるまで塾の課題をすることにした。

雨が激しくて中にまでその音が聞こえてくるのに、私が椅子に座る音が室内に静かに響く。面談以外の生徒は、みんな黙々と勉強しているからだ。

宿題の途中、どうしてもわからない英単語が出てきて辞書で探していると、〝paint〟という単語が目に入った。おのずと、私の頭のなかに美術室が出現した。

「………」

ため息をついて眉間を押さえ、そっと目を閉じる。雨の音に包まれているからなのか、私の頭のなかのキャンバスにも、たくさんの筋が縦に走った。薄暗い背景に、水色、灰色、青、黒……。

自分がイメージした色に飲みこまれてしまうような錯覚に、パッと目を開ける。けれども、目を開けて見る光景も、たいして変わらないような気がした。

雨は、降り続いていた。

さらに一週間ほど経った。

今日も結構強めな雨が降っていて、帰りのホームルームが終わって廊下に出た私は、濡れるからバスの時間までここにいようと、廊下窓から校門のところをぼんやりと見ていた。

「なんか、落ちてない?」

帰る人、部活に行く人、喋っている人。いろんな生徒が廊下を行き交い、ざわついている中、窓際の私の斜めうしろから、声が聞こえた。振り返ると、諏訪くんが部活のバッグを肩にかけながら、片眉をあげて突っ立っていた。

「ビックリした。何が落ちてるって?」

「水島の気分」

「……面白くない」

斜めうしろから横に来た諏訪くんは、窓へ向いている私とは逆で、桟《さん》に背を預けながら再度こちらを見る。

「幸薄オーラ、ハンパないぞ」

「うるさいし」

諏訪くんを軽くにらんだ私は、また雨のほうへ視線を戻す。

「塾であった模試の結果が、思うような結果じゃなくて……さ」

「模試? 高一だし、そんなん気にしてたら、受験生になったときハゲてるぞ」

「やめてよ」

ただ純粋に成績が悪かったから落ちこんでいるんじゃない。お母さんに、やっぱり勉強に専念しないと結果が出ない、的なことを言われ、美術部に通っていた私に対して〝それみろ〟と思われたことが嫌だった。

「そういえば水島ってさ、あれから部活行ってないの？」

「え？　……あぁ」

諏訪くんに動物園で相談したことを思い出し、「うん、まぁ」と正直に答える。

「で、どんな感じなの？」

腕組みしながら窓に寄りかかっている諏訪くんが、顔を傾けて聞いてくる。

「どんなって？」

「薄れていってんの？　気持ち」

「………」

「水島さん」

諏訪くんの方を見て、なんて返答するべきか言葉に詰まっていた私は、その反対側からふいに呼ばれた声に、息が止まらんばかりに驚く。

諏訪くんから一八〇度振り返って目に飛びこんできたのは、桐谷先輩。人がまばらになってきたものの一年生ばかりの廊下で、やはりその落ち着きと端正な顔立ちは目立った。

「……お、お久しぶりです」

「久しぶり」

バスで告白してフラれ、翌日学食で隣のテーブルになって以来の桐谷先輩。

なんか、すっごく普通だ。いつもの、何を考えているのかわからない顔で、だるっとした態度。声をかけてきたのは先輩のほうなのに、私のほうが何か喋らないといけないような空気になる。

「あの……。なんですか？　何か……」

「来ないの？」

「え？」

「来ないの？　美術室」

抑揚のない声は、ほんの少し威圧的にも感じられる。

私は、なんとなく呼吸しづらかった。心臓の打つリズムがはやまっていくような気がして、それを抑えようとすればするほど、目の前の一ヶ月近くぶりの人を意識してしまう。

「えー……と、……はい。いろいろあって、仮入部終了しようかな、なんて」

「いろいろって？　母親？　塾のこと？」

すかさず言われたふたつのワードに、私は頭をかいていた手を止める。半分はまさしくその理由だったから。もう半分の理由は、他ならぬ目の前の人なんだけど、先輩は私が告白したことを、もう忘れてしまったのだろうか。

私は肩がずんと重くなった気がして、

「……そうです」

と、小声で答えた。

「ふーん……」

何この無表情。何この沈黙。何この空気。〝親のいいなり人間〟突き進むんだ、と言っているような目。

それに、そんなことを聞くためだけに一年のところにまで来たのだろうか。

「じゃあ……」

自分で勝手に、この沈黙をいろんな意味に解釈してしまいそうでたえきれなくなった私は、まだ隣に諏訪くんがいるにもかかわらず、帰ろうとする。

「ねぇ」

……が、一歩その場を離れた瞬間、先輩が発した声に足を止めてしまう。

「絵、見てくんない？」

「…………」

先輩に横顔を向けていた私は、意外な言葉に向き直る。

……絵を？

「なんでですか？」

「スランプ？」

「なんで本人が疑問形で言うんですか？」

「ハ」

ずっと表情のなかった先輩が、今、初めて笑った。そのさりげない笑顔に不意をつかれた私は、無防備にも胸を射抜かれる。

ほら、これだから。……これだから、会っちゃいけないんだ。

やっと薄れかけていた気持ちが、一瞬で舞い戻ってしまう。すべて、水の泡になってしまう。

「……天然のタラシ」

すぐ横で、ボソッとつぶやくように聞こえた声。その主は、窓に寄りかかる姿勢をそのままに、

「先輩さん。すみませんけど、バスの時間までこの人とふたりで話したいんで、そろそろ解放してもらえます？」

と、言った。

……へ？

驚いた私とともに、飄々とした表情の諏訪くんへ顔を向ける桐谷先輩。

「それに、水島にも水島の事情があるんで、逐一、先輩さんのワガママに付き合ってられないと思いますけど」

「諏訪くん」

敬語だけれど強気な諏訪くんの口調にドギマギして、私は落ち着かせようと声をかける。

「……彼氏？」

私へと視線を移し、きょとんとした顔で聞いてくる桐谷先輩。

「いえ……」

「その予定です」

……え？

「それじゃあ、さようなら」

「わっ、諏訪くん」

ちょっと待って。何言った？　何言ったの？　この人。

私の腕をつかんで階段の方へ向かう諏訪くんに、私は口をパクパクさせながらも声が出ない。どんどん離れていく距離に、振り返って先輩を見ると、彼は関心があるのかどうかわからないような、限りなく無の顔をしてこちらを見ていた。

角を曲がり、階段のところまで来たとき、諏訪くんはようやく私の腕を離す。

「なっ……なんで、あんな」

「あれでしょ？　水島がフラれた先輩って」

「う」

すかさず言い当てられて、私は言い淀む。それが肯定となってしまう。

「フった相手にちょっかい出すって、タチ悪すぎだろ、あれ」

「ちょっかい、って、そんなんじゃないよ」

「…………」

冷ややかな顔をわざと作った諏訪くんは、グーにした手を、私の額に押し当てる。

「とりあえず、彼氏予定発言で、むやみやたらと構ってくることはなくなるだろうけど……」

「あれ、やっぱりハッタリだったんだ」

「……まぁ、なんだ？　とっさに」

「ビックリしたー」

そっか、諏訪くん、私が先輩への気持ちを断ちきれるように協力してくれているんだ。前にも言ってたし、彼氏を作ればうまくいく的なこと。

「…………」

ほんの少し黙っていた諏訪くんが、咳《せき》払いをして腕組みをし、壁に寄りかかった。

「俺さ、一ヶ月くらい部活休んでみて、それからまた考えれば？　って言ったけど、やっぱあれ撤回するわ。たぶん、あの手の人にはもうしばらくかかわらないほうがいいと思う。ループだから」

「…………う……ん」

〝ループ〟か……。たしかに。

「あと、さっき気付いたんだけど、もしかしたら俺……」

「あれ、まだいた」

角を曲がってきた人の声に、私も諏訪くんもビックリして肩があがる。桐谷先輩が、さっきと同じ表情で立ち止まる。よく考えたら三年生は上の階だから、ここを通るのは予想できることだった。

「じゃーね。続きをどうぞ」

何も言えないでいる私と諏訪くんの横を通り、階段を上り始める桐谷先輩。タン、タン……と、上履きの音までもが、気だるそうに響く。

「あ、水島さん」

半分上りきって踊り場のところまで来た先輩は、ポケットに手をつっこんだまま顔をひょこっと出し、私を見下ろす。

「あの飴、どこに売ってるの？」

「飴？　え……っと、お母さんが買ってくるから、たぶん近くのスーパーに」

　雨は降っているものの、踊り場から射しこむ光を背に受けた桐谷先輩は眩しくて、私は何度も瞬きをして答えた。その様子が面白かったのかなんなのか、桐谷先輩はふわりと笑って、また階段を上っていった。

「なんで飴？」

　先輩の笑顔の残像に佇んだまま静止していた私は、諏訪くんの怪訝そうな声にハッとする。

「……ハハ」

　ホント……なんなんだろう。

『ねぇ。絵、見てくんない？』

　さっき、桐谷先輩に言われた言葉が、彼の笑顔とともに頭によみがえる。たいした意味を含んでいないとはわかっていても、私の心は飽きもせずに揺れ動いていた。

「あ、雨、弱まってる」

　諏訪くんの声に窓の外を見ると、さっきまで土砂降りだった雨は、いつの間にか小雨に変わっていた。

　私は諏訪くんとその場で別れ、結局その日はそのままバスに乗って塾に行った。

次の日の昼休み時間。

涼子にトイレに行ってくると言って、私は美術室へと向かっていた。戒めていたものを解禁するようなうしろめたさからか、なんとなく足取りは重いけれど。

〝スランプ〟って言ってた……桐谷先輩。どんな絵を、描いてるんだろう。……ちょっとだけ。ちょっとだけ覗いて帰るだけ。あ、あとついでに、美術準備室に保管してある先輩の去年の作品を、久しぶりに拝ませてもらうだけ。

頭の中でここに来る理由と言い訳を何度も繰り返しながら、私は近付いてくる美術室に胸を高鳴らせ、息をあげていた。

「…………」

美術室の前で立ち止まり、ドアをゆっくりと開ける。一気に美術室特有の画材の匂いが鼻をつき、私の心拍数をぐっとあげた。

なんとなくそおっと入って、うしろのほう、いつも桐谷先輩の絵が立てかけられているところまで行く。そして、今現在制作中の彼の絵を探した。

「あ」

あった……。

キャンバスに名前は描かれていなくても、私は一発でわかってしまう。〝青〟が生きている絵が、ものすごい存在感でそこにあった。

「前の絵と、ぜんぜん違う……」

ぼそりとつぶやき、絵の細部をまじまじと見る。青のベースにまるでさざ波のように細い線が幾重《いくえ》にも重ねられていて、ボコボコと飛び出るように絵の具を押し当てられた部分は、泡ともしずくとも取れる。ひと括《くく》りに〝青〟と言ってはいけないような繊細なグラデーション、ハッとするような補色のオレンジは、飛沫《しぶき》のように弾けていて、アクセントになっていた。

「どこが……スランプ？」

私にとっては、やっぱり他の追随《ついずい》を許さないような、圧倒的な光を放って見えるその作品。

「……うん」

好きだ。やっぱり……桐谷先輩の絵。

そう思いながらうなずいたあと、私は視線を美術準備室のほんのわずかに開いているドアへと移す。あの〝無題　二年　桐谷遥〟が私を呼んでいるような気がして、私は美術準備室へと歩を進めた。

「……ん？」

ドアに手をかけたそのとき、小さな話し声が聞こえた。

先生……？

私はいつぞやと同じように、ドアの隙間からそっと中を覗きこむ。

「……っ！」

数度目の既視感と衝撃。昨日私に絵を見てくれないかと言った人に、髪の長い女子生徒が身体を寄せている。

……って、……え!?

女の子は背を向けているので顔は見えないけれど、私には見覚えがあった。緩くカールしていて、少し茶色っぽい長い髪の毛。まるでお人形さんみたいな……。

「…………」

舞川さん……だ。

「沙希ちゃんには……言わないでください」

かろうじて聞こえた彼女のか細い声。ふいに出された自分の名前に、私は息が止まった気がした。何も言わない桐谷先輩。彼は、舞川さんの頭をなでて、伏せていた目をゆっくりとあげる。

「…………」

「…………」

あ。

……合ってしまった。……目。

一番最初の出会いを思い出すシチュエーション。少したれた気だるそうな目が、これといって動じもせずに私を見つめている。

……あ……えっと……、とりあえず、この場をは、離れなきゃ……。

「うん」

――え？

ドクン、と心臓が跳ねた。桐谷先輩が、返事をした。さっきの舞川さんの言葉に。

……私がここで覗いているのをわかっていて……。

「……っ」

状況を頭の中では把握できても、心のなかではうまくのみこめないまま、私は一歩あとずさり、そのまま音をさせないようにして美術室のドアへと向かった。こんなところまで、最初のときとおんなじ。でも、あのときはここまで動悸は激しくなかった。

ゆっくりとドアを閉めて廊下へ出た私は、口を押さえて早足で教室へと向かう。

嫌だ。……嫌だ。何で……。

黒くて汚い気持ちが、胸のなかでモクモクと大きくなり、飽和状態で口から溢れそうになる。

「なんでっ……？」

〝私に言わないで〟って何？　桐谷先輩も、部活の子には手を出さないって言ってたくせに。実際はやっぱり、舞川さんレベルだったらOKしちゃうんだ。

「……っ」

ポロッと涙の粒が落ちた。ひと粒だけ。私はきゅっと下唇を噛み、それ以上出ないようにぐっとこらえた。

自分の席に戻ると、待っていた涼子が、

「トイレ、長っ！」

と言ってきた。

「………」

「沙希さん、ここは〝女の子にそんなこと言わないでよっ〟て赤くなって返すとこでしょ？」

「あぁ……うん」

そう言って机に突っ伏した私を見て、

「沙希、なんかあった？」

と頭をツンツンする涼子。

「んー……」

「便秘？」

「……桐谷先輩と舞川さんが抱きあってた」

「えっ!?」

「マジ!?」

涼子の声にかぶせて、男子の声も聞こえた。ガバッと身体を起こすと、斜めうしろに中野くんがいて、その横に諏訪くんと是枝くんもセットでいた。ショックを引きずりながら教室に戻ったから、まわりが見えていなかった。

……まずい。

「誰だよ、桐谷先輩って。舞川さん彼氏いないって言ってたじゃんよ。なんなの？　付き合ってんの？」

「いや、ごめん、違うかも。よろけたのを受け止めてただけかも。わかんないけど」

涙目の中野くんに必死で言うと、

「だよなー。確認せずに決めつけるのはよくないよな。うん、よくない。よって、彼氏じゃない。うん、違うはず。うん」

と、彼は自分に言い聞かせるようにつぶやく。

「桐谷先輩って、昨日のあの先輩？」

すかさず聞いてきたのは諏訪くん。ちょっと不機嫌そうな顔。

「……うん」

「なになに？　昨日何があったの？　ちょっとおばさんに教えなさいよ」

割りこんでくる涼子に、「何もないよ」とごまかすと、ちょうど昼休み終了のチャイムが鳴った。是枝くんと諏訪くんが自分のクラスに戻ってから、私は盛大なため息をついた。


放課後。

今日も雨がシトシトと降っている中、私は塾へ行くため、重い足取りでバス停へと向かう。バス停に着くと、屋根の下にいつもより多い人数の生徒たちが待っていて、いろんな色の傘が、コンクリートに同じ色のしずくのシミをつけていた。

いつもよりもはやく来たバスに乗りこみ、私はうしろから二番目のいつもの席に座る。時間調整のために停車したままのバスの中、湿気のせいか窓が曇っているのをぼんやりと見つめる。

「隣、いい？」

ぼーっとしていたからふいにかけられた声に驚き、顔を見る前に「はい」と言って見上げる。

「…………」

「うしろの席、埋まってるから」

そう言って、開いた口がふさがらない私の隣に座ったのは、桐谷先輩だった。

「な……んで」

「だから、席埋まってるし、ひとりで座ってる人で知ってるの、水島さんだけだから」

「や……、時間。この時間にバスに乗らないじゃないですか、いつも」

「だからって乗っちゃいけない？　今日は用事があるんだけど」

「……すみません。そうですか」

予期していなかったことに対する動揺と、肩が触れるほどの近さに対する極度の緊張で、軽くパニックになる。

ほんの少し濡れた髪が視界に入る。雨の匂いが充満する中、桐谷先輩からは、柔軟剤だろうか、なんとなくいい匂いがした。あ、足があたった……。ひとつひとつに過敏に反応して、さらにガチガチになっていると、

「顔、赤……」

と、肩を揺らして笑われる。

「…………」

はずかしさで赤面していた私の顔は、先輩からのからかわれてる感に、怒りの赤面へと変わる。私の気持ちを知っていてこういうことをするなんて、性格悪すぎる。昼休みのことだって……。

『沙希ちゃんには……言わないでください』

『うん』

「………」

思い出して憤りが増し、文句のひとつでも言おうかとしたとき、バスが動き出した。

曇った窓からでもわかる、ぼんやりと移り変わる景色。

「それにしても、タイミングよく覗く人だよね、水島さんて」

話しかけてきた桐谷先輩に、私はムッとして、

「見たくて見たんじゃないです。ていうか、校内であんなことしてるほうがおかしいんじゃないですか？」

と嫌味を返す。

あんなことねぇ、と飄々と言いながら、イヤホンを片耳につけようとする桐谷先輩。

言いようのないドロドロした気持ちがまた、私の胸の内を埋め尽くしていく。

「付き合うんですか？」

「まさか」

桐谷先輩がもう片方の耳につけようとしたイヤホン。気付けば私は、それを無理やり取っていた。

「舞川さんに失礼です。そんな、傷つけるようなことしないでください。彼女は本気

で先輩のこと」

「みたいだね。じゃあ、付き合ったほうがいいと思う?」

「………」

〝まさか〟と言った口が、すぐ〝付き合ったほうがいいと思う?〟と言う。意味がわからない。この人は、本当に何を考えているんだろう。ていうか、私も私だ。舞川さんを傷つけるなと言っておいて、ちゃんと受け止められるとひるんでしまって。

「そういえば、水島さんも彼氏候補がいるんだったね」

思い出し笑いをしながら言ってくる先輩。

「あれ、告白も同然だよね。もしかして告られた直後だったとか? 学食では違う男の子とデートの約束してたのに、なかなかモテるんだね、水島さん」

「先輩には関係ありません」

私はイライラをそのまま口調に出して答える。

「付き合うの?」

「だから」

関係ないって言ってるじゃないですか、と言おうとした口をつぐむ。なぜなら、諏訪くんの彼氏案を思い出したから。

「……そうかもしれません」

「……ふーん」

ふたりの間だけの沈黙を、他の乗客の生徒たちの声が埋める。バスの振動が私たちを同じように揺らす中、たまに当たってしまう肩と肩。いちいち意識せずにはいられない自分も嫌で、私は思いきり顔を窓のほうへと向けた。

しばらくそのままだったけれども、時間を置いたことでイライラしているのがバカらしくなった私は、ぼそりと口を開く。

「先輩の絵……。今日、見ました」

「うん」

先輩を見ると、絵の話になって嬉しいのか、ふわりと微笑みながらこちらを向いた。

「感想は？」

そう聞かれて、私は小さく息を吐き、昼に見たあの絵を思い浮かべる。

「溶けあってるんだけど、すべての違う青がキャンバスに並べられてるっていうか……海と空がグラデーションでつながっているみたいで、なんか……すごく感動しました。デコボコした感じも色が生きてるって気がするし、あのオレンジ色もすごい存在感で、でも違和感なんてなくて」

「……好き？　ああいうの」

「すごく好きです。すごくきれいだし……いいと思いました」

「……ふーん」

私の目をしっかり見ながら聞いていた桐谷先輩は、シートに背を持たせかけた姿勢をそのままに、どーも、と付け加えた。

「ねぇ、今日はあの飴、持ってる？」

「え？　あぁ……あった。一個だけですけど」

「ちょーだい」

「……はい」

私はバッグの外ポケットの中から、黄色いパッケージを取り出して渡す。桐谷先輩は「どうも」と言って口の端をあげ、すぐに開けて口に入れた。

先輩は本当にこの飴が好きらしい。昨日もどこに売っているのか聞いてきたし……。

「昨日、帰りに近所のスーパーに行ってみたけど、なかった」

「………」

「お金払うから、今度買ってきてよ」

コロン、と小気味よい音が口の中から響く。

「自分で探して買えばいいじゃないですか。たぶん、コンビ……」

「コンビニにも行ったけど、なかった」

結構探したんだ。でも、だからといって……。

「私は先輩の小間使いじゃないので嫌ですよ。そういうのは、彼女になった人にでも頼んでください」

「そういうものなの？」

「私の中ではそういうもので――」

そのとき、急に工事中のガタガタの道に入り、ふたりともグラグラと揺れた。あやうく舌を噛むところだった。窓の外を見ると、塾の最寄りのバス停が近付いていることに気付く。

「次で降りるんで、通路に出てていいですか？」

桐谷先輩に言うと、彼は、「あぁ、はい」と言って立ちあがった。それを見て、私も腰を浮かせる。そのとき。

「――っ!!」

工事中の道はまだ抜けていなくて、ガタンッと大きく車内が揺れた。片手で吊《つ》り革を持っていた先輩もバランスを崩し、彼の半身が私の上に覆いかぶさる。

「……ごめん」

密着した身体を起こした先輩の顔。それが私の真ん前にあって、彼のやわらかなねこっ毛が私の鼻頭をかすめる。まるで、顔が心臓に乗っ取られたかのようだ。こんなアングルと近さで男の人の顔を見たこと……ない。

「………近……」

「ちょっ――」

そのままの姿勢で至近距離から観察され、赤面でたえきれなくなった私は、思わず先輩をはねのける。

「イテ……」

倒れはしなかったものの、座席のシートに手をかけて身体を起こし、また吊り革を持った先輩。私はいまだに心臓の音に体を支配されていて、顔の熱も引かぬままうつむき、バッグをギュッと握り締める。

「………」

そんな私を見下ろしながら、しばらく無言でなにやら思案していた先輩は、バス停の少し前になってようやく口を開いた。

「……ねぇ、水島さん、ちょっとモデルしてくれない?」

「は?」

モデル? 先輩って人物画は描かないんじゃ……。

「今度の火曜日ね。放課後、美術室」

「え? そんな勝手に困りま――」

「あ、ここ、降りるとこでしょ?」

誰も降車ブザーを押していなかったからあやうく通過されそうになり、ハッとした私は慌ててブザーを押す。

「降りますっ」

減速して停まったバス。「はやめにお知らせくださいねー」と運転手さんにマイクで言われ、身体をよけて通路に通してくれた先輩を横目に、急いで乗降口へと向かう私。

バスを降りて車内を見ると、まだ立ったままの桐谷先輩が、笑っているのか無表情なのかわからないような顔で、ひらひらと手を振っていた。私は発進するバスを見送りながら、手を振り返しもせず、ただポカンとして佇んでいた。


「もうちょっと身体丸めて」

「……こう、ですか？」

「うん、そのまま顎引いて、膝も寄せて」

火曜日。美術室の一番うしろのほう、椅子を三つつなげた上で、体育座りをもっとギュッとしたようなポーズを取る私。

うしろには立てかけられたり乾かしたりしている油絵がたくさんあるから、その匂いに酔いそうだ。

「…………」

ていうか……。

他の部員がめちゃくちゃこっちを気にしているのがわかる。私たちはうしろにいるからあからさまに見られはしないけれど、チラチラと横目で盗み見されている。

それもそうだ。一ヶ月ぶりに部活に来た私が、人物画を描かない桐谷先輩のスケッチモデルをしているのだから。

ツッコミどころがいくつもあるけれど、集中している桐谷先輩の邪魔をしてはいけないと思っているのか、みんな気にしつつもそっとしてくれている。

「顔を膝にうずめるようにして、目だけこっちちょうだい」

椅子の上に胡坐をかいて注文をつけていた先輩は、その言葉を最後に、スケッチブックの上に鉛筆を走らせ始めた。

シャッシャッ、と鉛筆の側面がこすれる音が、こちらにまで響いてくる。二メートルあるかないかの距離、美術室なのに美術室じゃないような、何人もいるのにまるでふたりきりみたいな、そんな気分になる。

視線を私とスケッチブックで何度も往復する先輩。

は……はずかしい。目だけこっち、って、見つめあうことになってしまうから、油断すると赤面してしまいそうになる。でも、先輩は真剣に描いているし、引き受けた以上はちゃんとやらなきゃいけない。

……引き受けた？

「………」

あんな決定事項みたいな言い逃げされたら、来ざるを得ないじゃないか。それに、彼の絵のいちファンとして、彼の新境地へのチャレンジに協力要請されたら、断りようがない。

だって……見たいんだ、純粋に。そのできあがった絵がどんな風になるのか。

ここへのこのことやってきたことに対する言い訳を頭の中で列挙していると、一旦目を伏せた桐谷先輩が視線をあげて、またばっちりと目があった。

「………」

色を塗るときの子どもみたいな表情とは打って変わって、真顔の貫くような視線で私の姿かたちを捉える先輩。

ぞくりと、今までとは違う、背すじが寒くなるような気持ちになる。ポーズを取っていること抜きにしても、ヘビににらまれたカエルみたいに、心までもが身動き取れない。裸にされているわけじゃないのにすべてを見られているみたいで、動悸が……。

「肩」

スケッチの手は止めず、ふいに桐谷先輩が口を開く。

「えっ？」

「抜いて、力」

「はっ…………はい」

驚いた私は、たしかに不自然すぎるくらいに身体に力を入れていたことを自覚して、意識的に息を深く吐き、力を抜いた。

「ふ」

ほんの少しだけ、本当にほんの少しだけ、先輩の口角があがった。張りつめた空気の中、温かい空気がひと筋通りすぎていったかのような一瞬に、私の胸は大きく跳ねる。

「…………」

鉛筆を縦にしたり横にしたりして、私の顔や身体、それぞれ部分の比率を確認している先輩は、もう笑っていないし真剣そのもの。身体の力は意識的に抜けても、心拍だけは整えられなくて、私の胸のなかはなんともアンバランスな状態。呼吸の仕方さえわからなくなりそうだ。

「こんにちはー………」

ちょうどそのとき、美術室のドアが開いて挨拶の声とともに誰かが入ってきた。

「あれ？　沙希ちゃん……」

舞川さんだった。その驚いた顔はそれから桐谷先輩に移り、なんで桐谷先輩が沙希ちゃんをモデルにスケッチしてるの？　って、言葉を発さなくてもわかるような表情になった。

「………………久しぶりだね」

それでも、空気を読んでなのかそれだけ言って、自分のいつもの席に鞄をかける舞川さん。

「……うん。久しぶり」

私は愛想笑いをしてそう返すしかなくて、若干崩れかけた姿勢を正す。そしてまた、桐谷先輩がスケッチを再開したのを合図に、私たちと彼らとの空間が遮断された。

「…………」

『桐谷先輩とは、ちょっと距離を置いたほうがいいんじゃないかな』

あの言葉が、私の集中の邪魔をする。そして、先日の、舞川さんが桐谷先輩に頭をなでられていたシーンも思い出した。胸に染み広がる苦さが、また私の息を苦しくさせていた。

「アメ、どうぞ」

「あぁ。ありがと」

バスの定位置で、うしろの席に座っている桐谷先輩に催促されていたアメを渡すと、先輩はほんの少しだけ驚いたものの、そのあとまるで私が持ってくるってわかっていたかのようなしたり顔をして受け取った。

「彼女じゃないのに、買ってきてくれたんだ？」

「母がたまたま買ってきてたので。大型デパートにしかないそうです、そのメーカーの」

「ふーん」

袋を開けた先輩は飴を手に取り、その黄色を軽く噛んだかと思うと、するりと口の中に入れた。私はそれを見ていた視線をなんとなくそらして、自分も袋を開けようとする。

本当は、お母さんに無理を言って買ってきてもらっていた。

「…………」

なかなか開かない飴の袋。私は切り口を変えて開け、おもむろに頬張った。カラン、と口の中で、大げさに音が響いた気がした。バス特有のこもった匂いの中に、レモン味ののど飴の匂いが混ざる。私と先輩のふたりだけの間で。

「……質問、いいですか？」

窓のほうへ横向きになっている私は、いつものように私のシートに前のめりになって両肘を預けている先輩に声をかける。

「どうぞ」

「なんで……モデル、私なんかに？」

本当は今日美術室で聞きたかった。でも、みんなが耳をそばだてているように思えて、聞けなかった。

「あー………。うん。なんでだろうね」

「私が聞いてるんですけど」

「ハハ」

くしゃっと、彼の目尻に三本ほどシワが寄る。

「なんとなく？」

「それって理由になってませんよ」

すかさずツッコむと、先輩は飴を口の中で転がして、

「〝なんとなく〟も立派な理由でしょ」

と言った。私はちょっと考えて、

「直感……てヤツですか？」

と聞いてみる。

「そう。頭の中にパッと浮かんだの。完成した絵が」

そして先輩は、「あの絵の中に入れるから、水島さんも青一色になるけどごめんね」と、また笑った。

私じゃなきゃいけない理由が結局はぐらかされているのに、これ以上聞いても回答は得られないような気がして、私はその話題を自分から取りさげた。

降りるバス停に近付くと、先輩は、

「今度の金曜もお願いしたいんだけど、無理？　あと一回で終わらせるから、スケッチ」

と言ってきた。バイトも休みらしい。

「いい……ですけど……」

なんとなくふたつ返事できない自分がいる。塾のこと、舞川さんのこと、自分の気持ちのこと、いろんなものが邪魔をして。

「けど？　何？　何か報酬が欲しい？」

「や……、そんなんじゃ……」

「いいよ。お礼ちゃんとするから」

先輩が軽くそう言うと、バスが停車した。

「お礼とか、いいです」

そう返しながら、席を立つ。結局ＯＫしたような形になってしまった、と思いつつも、乗降口が開いてしまった今、通路へと移動せざるをえない。……けれども。

「……あ」

窓の外をなにげなく見た私は、その瞬間、目を疑った。バス停のベンチに、見覚えのある人影。その人物がすっくと立ちあがり、私とばっちり目を合わせた。

「なに？　どうしたの？」

「お……かあ……さん。なんで……」

このバス停は、私の家の最寄りのひとつ前のバス停だ。それなのに、なんで……。立ちすくんだまま動けずにいると、運転手さんに「降りないんですか？」と急かされる。私は「すみませんっ、降ります」と、慌てて足を進める。

重たい。足が、鉛みたいに重たい。心にもズシッと言いようのない圧がかかり、息もしづらい。バスの乗降口から降りて、お母さんが立っているベンチのところまで行き着くまでに、私は何度も生唾を飲み、緊張と動揺を逃がそうと努めた。

「おか……」

お母さんの前まで来て口を開いたのと同時に、パンッと頬を打たれた。その直後、バスが発進する音を背中で聞く。風が吹き、たたかれた勢いで横を向いた私の顔に髪の毛が巻きついた。

「ひとつ前のバス停で降りてまで、親に嘘をつき通したいの？」

「……なん……で」

「奥さん経由で渡辺さんの娘さんに、沙希が塾を休んだら私の携帯にメールちょうだい、って頼んでたの。それに、後藤さんの奥さんに、一、二ヶ月前のこの時間帯に沙希がここでバスから降りたのを見た、って聞いてて、もしかしてってずっと思ってたの。今度塾を休むことがあったら、確かめてみるつもりでいたわ」

私はヒリヒリする頬をおそるおそる手で押さえ、ようやくゆっくりお母さんへと顔を戻す。腕を組みながら私を見る目は、怒りに混ざって落胆の色がにじんでいる。

「がっかりしたわ、本当に。また部活？　それとも悪いお友達でもできたの？」

「……っ」

下唇を噛んで言い訳しようとするも、

「なんでお母さんの言うことがわからないの？　なんで約束が守れないの？　いつからそんな悪い子になったの？　今までずっといい子だったのに」

とたたみかけられ、言葉を飲みこむ。

涙がにじみそうになり、目に力を入れる。お母さんに黙って塾を休んだのも、バレないようにひとつ前のバス停で降りていたのも、もうしないって約束を破ったのも、悪いのは全部私だってわかっているけれど、説明のつかないような悔しさが胸のなかを占領して爆発しそうだ。

「中学受験に失敗したのも、気の緩みのせいだったでしょ？　また二の舞になるわよ？　そんなんじゃ、お父さんに示しが……」

「俺が頼みました」

背後から声が聞こえた。

「…………」

え？　……なん……で？

その声に振り返ったことで初めて、うしろに桐谷先輩がいたんだってことに気付いた私は、声が出ないくらい驚き、目を見開かせる。

「何？　あなた沙希の知り合いだったの？　どちら様？」

近くにいたけれど、彼が私の知り合いだとは思っていなかったらしいお母さんが、眉間にシワを寄せる。

「美術部の三年です。俺が彼女にモデルを頼んで残ってもらいました。すみませんでした」

桐谷先輩が、私のお母さんに頭をさげている。ありえないような光景に、私は目を疑う。

「せんぱ……」

「モデル？　モデルなんて誰でも一緒じゃない。この子は忙しい子なの。そんなことしている場合じゃないの。他の人に頼んでもらえる？」

「…………」

「まさかあなたたち付き合ってるの？」

返答のない先輩にお母さんが見当違いなことを言い、私は慌てて、

「やめてよっ。違うから」

と間に入る。バスから降りて初めてお母さんにちゃんと訴えた口がこれだった。お母さんは目の奥を読むような視線で私を一瞥《いちべつ》し、またすぐに桐谷先輩へと向き直る。

「沙希のことだから、三年の先輩からの頼まれごとってことで断りきれなかったんだと思うわ。申し訳ないけど、さっき言ったように他の人に頼んでちょうだいね。それじゃ」

お母さんは一方的に話を切って、先輩に背を向け、私の背中に手を当てながら歩き始めた。

「……っ」

私は〝違う〟って、ちゃんと言いたかった。でも、口を開けるも声が出てこず、歩かされながらも先輩とお母さんを何度も視線で往復するしかできない。

「彼女が描いた油絵、見たことありますか？」

「…………」

ぼそりとつぶやかれた声。でも私に聞こえたくらいだから、お母さんにもきっと聞こえていたはずだ。言われてから数歩進んだあとで、お母さんは足を止めて振り返り、

「なんですか?」

と威圧的に聞いた。

「いえ。お気を付けて」

そう言った先輩を見ると、彼はいつもの飄々としたような顔で、首をかすかに傾けていた。

「…………」

お母さんは鼻でフンと息を吐いて顔を戻し、また私の背中を押しながら歩き始めた。さっきよりも少しはやいスピードで。

角を曲がると住宅街。私は動揺しながらも何もできずに、ただただお母さんの横を歩かされる。

「あぁいう人とかかわるとろくなことないわよ。他人のペースを乱すことを楽しんでいるとしか思えないわ」

「そん……」

「先輩だからって、これからははっきり嫌だって言わないとダメよ」

私に発言権を与えないように、お母さんは帰りながらずっとブツブツ言っていた。

どんどん薄暗くなっていく空と、外灯の光でどんどん鮮明になっていくお母さんと私の歩く影。バス停ひとつ分歩き終える頃には、私の心も身体もすっかり疲弊しきっていた。


私は失望していた。

お母さんに、よりも、何も言えなかった自分に。結局何も変わっていない自分自身に。そしてそれが、先輩に嫌な思いをさせてしまったというやりきれない感情と混ざりあって、ぐちゃぐちゃになっていた。

晩ご飯は食べなかった。ベッドに突っ伏して、ぐちゃぐちゃな気持ちに沈むだけ沈んで、そして真っ暗な部屋にようやく照明をつけたとき、……思った。

桐谷先輩がわざわざバスを降りてきてまで、私のお母さんに説明してくれたんだってことを。謝ってくれたんだってことを。

「…………」

うちよりも遠い三丁目まで歩いて帰った先輩のことを思って、私は胸が熱くなるような苦しくなるような、言い表しがたい気持ちになった。


次の日。

「おう、水島。どこ行くの？」

昼休みにお弁当を食べ終えて廊下を急ぐ私に、ちょうど通りかかった諏訪くんが声をかけてきた。

「ちょっと」

「トイレ？」

「ううん」

昨日のことを桐谷先輩に謝りたい私は、三年生の階へと行くべく階段に向かっていた。諏訪くんに言ったらなんとなく止められそうな気がした私は、笑ってごまかして諏訪くんの横を通りすぎる。

「あー……っと、水島。待って」

「ごめん、ちょっと急いでて」

私のうしろをついてきて呼び止める諏訪くんを横顔で振り返りながら、それでも歩みを止めずにごめんポーズで振り切ろうとする私。

「待てって」

「何？」

珍しくしつこい諏訪くんに肩をつかまれて、私はちょっと怪訝な態度でようやく立ち止まる。まわりには廊下で喋っている生徒がちらほら。ちょっと離れたところで、男子たちがじゃれあいながら爆笑している声が響いた。

「や、うーん……、そっち行くの、もう少ししてからにすれば？」

「何それ。私は階段使うの。急いでるんだってば」

「だから、……って、おい」

わけのわからない諏訪くんに、私はまた歩きだす。そして、階段へと曲がる角のところまで来た。

「……………」

諏訪くんが私を止めようとした理由がわかった。足を止めて動けなくなった私に追いついた諏訪くんは、斜めうしろで大きなため息をついて、

「ほれ見ろ」

と言った。

上の階へと続く階段の踊り場、この前先輩が私と諏訪くんに向かって『じゃーね。続きをどうぞ』と言った場所で、桐谷先輩と舞川さんが話をしていた。

「……………」

べつに……話したらいけないなんてきまりはない。先輩と舞川さんは部活も同じなんだし、舞川さんは先輩のファンなんだから、何も話さずにすれちがうことのほうが変だ。

でも、美術室での逢い引きを見たから、『沙希ちゃんには……言わないでください』発言があるから……。だから、ふたりが話しているのを見ると、疎外感に押しつぶされそうな気持ちになる。

「おい、水島。顔、青いぞ」

「………うん。大丈夫」

「大丈夫って顔か、それ。だから言ったのに」

桐谷先輩と舞川さんから見えないように角に隠れ、私と諏訪くんは背中と壁をぴったりくっつけながら隣同士で話す。

「さっきナカと一緒にここ通ったんだけど、ナカも今のお前と同じ顔してたぞ」

「……うん」

「フラれてんのに、これ以上何落ちこむわけ？」

「落ちこんでないもん」

嘘ばっかりだ。やっぱり特別扱いされるのは自分だけであってほしい。そういう気持ちがあるから、こうして性懲《しょうこ》りもなくショックを受けるんだ。

「なんかあのふたり、お似合いだな」

「……そうだね」

「もう付き合っちゃってるんじゃね？」

「…………」

「ほら、あからさまに落ちこんでるじゃねーか」

「うるさいよ。わざと言わないでよ」

横で茶々を入れてくる諏訪くんに、私はキッとにらみを入れる。

「で、用事はなんだったの？　急いでたんだろ。反対から回って別の階段使って行くか？」

「いい。もう用事なくなった。またでいい」

「なんだそれ」

諏訪くんがそう返した直後、

「堂々とコソコソしてるね、キミら」

と、階段側の角からひょいっと桐谷先輩が顔を出してきた。うしろには舞川さんの姿も。

「わっ！　ビビった！」

大げさに驚いた諏訪くんほどじゃないけれど、私も突然のことに息が止まりそうになる。

「見えてた。向こうから」

薄く笑ってそう言った桐谷先輩は、「じゃあね」と言って通りすぎていく。そのあとを追う舞川さんは、なんとなく気まずそうな、でも何か言いたげな、複雑な顔。

「あっ」

私は昨日のことを思い出し、

「桐谷先輩っ、昨日はっ……」

と、背中に声を投げた。ゆっくり振り返った彼に、

「昨日はありがとうございました！　ていうか、すみませんでした、ホントに」

と頭をさげる。

「や、いーけど……」

「それで、金曜の件ですけど」

今度の金曜日、あと一回だけモデルをお願いされていた。お母さんの目を盗んででもなんとか時間を作って先輩の力になりたい私は、〝大丈夫ですから〟と言おうと口を開いたけれど。

「あぁ、もういいから、あれ」

さらりと、桐谷先輩が言葉を遮ってそう言った。

「え？」

「べつに他の人でもいいわけだし」

「………」

ガチャリと音を立てて、桐谷先輩のテリトリーから閉め出されたような錯覚がした。

でも、かろうじて笑顔を作った私は、

「あ……はは。そうですよね。……わかりました。よかった。ちょうどよかったです」

と、乾いた声を出す。

舞川さんの姿が視界に入っていることで、その〝他の人〟というのが彼女以外に考えられなかった。嫌な気持ちが足もとで沼になり、まるでズブズブとゆっくり沈んでいくようだ。

あ……ちょっと、泣きそう……。

「水島」

急に小さな衝撃を感じて、沈んでいく心が止まった。隣にいた諏訪くんが、私の肩を抱いて、ぐいっと自分側に寄せたからだ。思いきり密着して諏訪くんのシャツにうずもれてしまった私を見て、桐谷先輩も舞川さんも、ハトが豆鉄砲を食らったような顔をしている。

「あっち行こう」

めちゃくちゃ顔を近付けてそういうもんだから、ふたりの前だということもあって、私の顔は一気に紅潮してしまった。何か言わなきゃと「あ……」と口を開くも、私の肩を抱いたままずんずんと歩き、階段をおり始める諏訪くん。踊り場を曲がると、振り返ってももう桐谷先輩と舞川さんの姿は見えなくなった。

「ちょっと！　ビックリしたんだけど！」

小声で訴えると、肩をつかんだままだった諏訪くんの手が、パッと離される。

「俺も自分の行動力に驚いた」

そう言って、今さら来たらしいはずかしさに、口を覆う諏訪くん。耳の端が真っ赤だ。

「でも、あのままだったら泣いてただろ？　水島」

諏訪くんは一見鈍感そうなのに、なんでそんなに観察力があるんだろう。図星の私は、黙りこんだあとで、小さく「……まぁ」とうなずく。

「バーカ」

そう言いながら、諏訪くんは、私の頭をクシャクシャに撫でまわした。

【6】

「沙希、今日も塾休んじゃダメよ。お母さん、信じてるからね」

「……はい」

そう言われて家を出て、バスに揺られて学校へ行く。サボりが発覚してから、毎日のことだ。今日は、前回の模試で平均点が取れなかった教科の追試があるから、言われなくてもちゃんと行く。

私は憂鬱な気分を息と一緒に吐き出して、バスの窓にコツンと頭を預けた。朝のバスで桐谷先輩と一緒になることはない。一便遅いバスに乗っているのだろう。

『あぁ、もういいから、あれ』

『べつに他の人でもいいわけだし』

この前の言葉が頭によみがえり、私は努めて意識をそらす。

今日は、金曜日だった。


「沙希、また眉間にしわが寄ってる」

「…………」

休み時間、私の顔を覗きこんで人さし指で私の眉間を押す涼子。

「くせになるからやめたほうがい……」

「やめてよ！」

冗談でグリグリしてきた涼子の手を、私はパッと振り払った。今までにないことに、涼子はきょとんとしている。

「どうした？　沙希。悩みがあるなら……」

「あっても言わないわよ。涼子みたいに悩んだことなさそうな人には」

「………」

……………あ。

「ごめ……」

とっさに謝るも、涼子の眉はさがったままだった。

私、何言ってるんだろ……。

「違う。ホントにごめん。そんなこと思ってなくて」

「ハハ、わかってるよ。私のほうこそ、しつこくしてごめんよ」

涼子はわざとおどけた表情を作って空気を戻そうとする。悪いのはこっちなのに。

「………」

最低……。

うつむくと、今日の塾での追試となる、前回の英語の模試の答案用紙。赤ペンの大きなバツ印が目に入って、私は泣きたくなった。

放課後。

肩にかけたバッグの持ち手を握りながら、靴箱へ向かう廊下と美術室へ曲がる廊下の分岐点で、私はぼんやりと立ち止まる。

あそこに行けば、あそこの準備室へ行けば〝無題　二年　桐谷遥〟がある……。

そう思うと、自然と足がそちらへと向かおうとする。でも……。

『べつに他の人でもいいわけだし』

その言葉が二の足を踏ませた。桐谷先輩が舞川さんを描いていたらと思うと、心臓が押しつぶされそうだ。

「あれ？　えー……っと」

ちょうどそのとき、美術室のほうから先生が歩いてきた。

「水島です」

「おお、水島水島」

町野《まちの》先生だった。たまにしか顔を出さない美術部顧問。

「水島は行かなかったんだな。今日は、みんなで画材の買いだし行ってるぞ。ていうか、遊んでそうだけどな、あいつら買い出し行きすぎ」

「え？」

みんな……いないの？

拍子抜けした私は、何度か瞬きをした。

「まぁ、貸切で使ってもいいぞ、美術室。開いてるし」

「いえ……」と言いかけた私は、すぐに、

「はい。わかりました」

と言い直す。誰もいないんだったら好都合だった。ひとりで桐谷先輩のあの作品を見て、バスに間に合うように出ればいいのだから。

挨拶をして、足早に歩を進める。美術室に着くと、たしかに誰もいなかった。

向かうは、美術準備室。私はバッグをいつも自分が使っていた机の上に置いて、隣の部屋へと入った。

歩くペースを次第に落ち着かせ、ゆっくり立ち止まる。

「〝無題……二年　桐谷遥〟」

タイトルと作者名をひっそりと声に出して読んで、息をゆっくり吐きながらその絵と向かいあう。

「……桐谷遥」

繰り返した私は、立てかけられたままの大きなそれの前に片膝をつき、そっと絵の表面のデコボコに指で触れた。力強くて、でも繊細で、眩しいくらい光を放つその絵は、やはり変わらず私に自由を魅せてくれる。そして、私の奥底の衝動を呼び起こした。

「…………」

私も……。

「…………」

私も、描きたい！

そう思い立ったら、誰もいないのをいいことにバタバタと美術室へ戻り、イーゼルと絵の具を出していた。

あと二十五分でバスの時間。ギリギリ二十分は使える。スケッチブックでいいや。これに描こう。

白、赤、黄色、オレンジ、緑、青、紫。いろんな色をパレットに出して、思うままに絵筆を走らせる。久しぶりの感覚。これは…………そうだ。前に、桐谷先輩とハチャメチャなりんごを描いたときの感覚だ。

私は気持ちが前のめりになるように、イーゼルに立てかけたスケッチブックにいくつもの色を置き始めた。

……でも。

「…………」

あれ……？

手が止まる。

描きたいと思った衝動は確かなのに、色を乗せながら、〝楽しさ〟とは異なるような違和感に気付いた。

違う、私が描きたいのはこんな色じゃなくて、もっと……もっと……。

心のほうが溢れて手に追いつかないあせり。時間は少ない。今日ズル休みしたら、お母さんからまた怒られて幻滅の目を向けられるのに。

「……っ」

何か……胸のなかの淀んだものを色に出すように、私は喉の奥に苦さを感じながらも絵を描いた。絵と言えるんだろうか、ただ色を手当たり次第に出しては塗る作業。抽象画と言うのもおこがましい、さっき見た桐谷先輩の絵とは雲泥《うんでい》の差の落書き。

「……っ」

いろんなことがうまくいかなくて滞っているこの状況と気持ちが、私の手を動かしている。なぜだか、涙が頬を伝っていた。目の前のスケッチブックには今の私の胸の内、それこそめちゃくちゃな説明のつかない色たちでいっぱいだ。

「違う、この色じゃない。違う……、ちが……」

でも、そのどの色も私の思いどおりの色じゃない。それなのに、描くことをやめられない。

「うっ……」

思わず声が出た。途端にボロボロボロッと、涙が溢れて視界が割れる。

………黒だ。

気付いてしまった。今の私の胸のなかにある色。

自覚した途端、そのことがとても怖くて、とても悲しくなった。

黒。真っ黒。それをスケッチブックに吐き出したいんだ……私は。

「うぅー………」

でも、なぜだろうか、私の絵の具ケースには黒だけがなかった。どんなに探しても出てこない。

ぬるい空気が窓から入ってきて、暗幕がパタパタと音を立てる。油の匂いやキャンバスの匂いが、風とともに鼻をかすめる。ズズ……と鼻をすすると、私は筆を持ってないほうの手で涙をぬぐった。でも、また新しい涙がにじんできて、すぐに玉になってスカートに落ちる。

「………黒、出したいの？」

「……っ!!」

驚きすぎて、心臓が止まるかと思った。

開けたままだった美術室のドア。桐谷先輩がいつの間にか入ってきていて、一番うしろの棚に寄りかかりながら、私が今描いている絵を背後からながめていた。

「いっ、いつから……いたんですか？」

「水島さんが泣きだすちょっと前から」

そう言って背中を棚から離し、ゆっくりとこちらへ歩いてくる桐谷先輩。

「黒、でしょ？　欲しいの」

「………なんで？」

わかったんですか？　という言葉を心のなかで続けて、私はじっと桐谷先輩を見た。

「俺もそういう絵、描いたことあるから」

「………」

先輩は手に持っていた一枚の葉っぱを指でクリンと回し、ふっと風が吹いたかのように笑った。

「とりあえずさ、白以外のいろんな色混ぜてみて。赤とか青とか黄色とか」

「………」

「クリアで完璧な黒にはならないけど、オリジナルの黒ができるでしょ？」

ほうけながらも、ゆっくりと言われるように手を動かし、パレットの上で色を作る私。たくさんの色が混ざりあう、お世辞にもきれいとは言えない濁った黒が出現した。

「ていうか、クリアな黒って言葉、なんか変だね。矛盾してる」

妙なところでツボって、クスクスと笑っている桐谷先輩。私はそのお手製の黒を、そっとスケッチブックにのせる。キャンバスじゃないから、色の重みで紙の端が少し曲がってきた。

「…………」

黒をスケッチブックの上に置いていくと、なんとなく心が落ち着いてきた。それは桐谷先輩の空気がそうさせたのかもしれないけれど、私は今、自分の気持ちの整理をするように、目の前の絵をようやく客観的に見ることができた。

「言葉とかって頭の中の抽象を具象化するけど、絵は……こうやって抽象を抽象のままで出せるから、たぶん言葉よりも純粋だよね」

難しい言葉が斜めうしろから聞こえてくる。私はうなずくことも相槌を打つこともできずに、自分の黒をまだらに塗っていく。

「でも、言葉にしろ絵にしろ、自分の内側から外側に出すこと自体に意味があると思うんだよね。正確さは置いといてでも。だって、伝えることよりも吐き出すことのほうが大事なときって、きっと誰にでもあるだろうから」

「……うん」

「かっこいいこと言うでしょ、俺」

「その言葉がなければ、かっこいいままでしたけど」

「ハ。カウンセリングしてあげてんのに、何それ」

空気が変わる。私の涙も、いつの間にかもう乾いていた。

私の中の黒は、それこそひとつの色じゃなかった。いろんな悩みや出来事が積み重なってできた、そう……こんな、黒だった。

「いいね、この絵。水島さんが叫んでる絵みたいで」

桐谷先輩の言葉とともに、私は大きく息を吸いこむ。そして、ゆっくりと吐き出した。

「私……塾、行きたくない。毎日通うなんて、うんざり」

「うん」

「これ、っていう確実なものはないけど、今はただ……とりあえず、絵を描きたいと思うし、先輩の絵が……見たい」

「どうも」

ペタペタと色塗りを続けながらつぶやく私に短く返しながら、桐谷先輩は斜めうしろの席の椅子に座る。

「私はお姉ちゃんとは違う。お姉ちゃんじゃない」

「そうだね」

「でも、お母さんのことを嫌だって思う自分も……嫌だ」

「うん」

ギ……と、先輩が椅子に背を預けて伸びをしている音。でも、私のめちゃくちゃな頭の中の吐露《とろ》を、ちゃんと聞いてくれている。相槌に温度があるって、私にはわかる。

「ずっと同じところをグルグルグルグル歩いてる。先に進めない。わからない」

「うん」

「自分じゃダメなんだってわかってる。でも、必要だ、って……、特別だ、って……思われたい」

「うん」

話しながらだんだん、お母さんに対してなのか、桐谷先輩に対してなのか、わからなくなってきた。当たり前だ。このオリジナルの黒を構成している一部は、桐谷先輩なのだから。

しばらく黙っていると、先輩が、

「終わり？」

と聞いてきた。

「終わり……です。とりあえず」

振り返ってそう言うと、桐谷先輩がいつものように、ハ、と短く笑った。そのうしろに並んでいる石膏像は当たり前だけど表情を変えないから、先輩がやたらとリアルで眩しく見えた。

先輩は私が今吐き出したことに対して、何も言わなかった。ただ、私の独り言に寄り添ってくれただけだった。でもそれが、私にとってはとても心地よくて嬉しかった。

筆を止めて、ひと区切りついたように大きく息を吐く。この状況を客観的に把握すると、はずかしさがようやく顔を出してきた。

何してるんだろう……私。なんでこういうときに限って現れるんだろう……桐谷先輩。

「……先輩は、みんなと街に行かなかったんですか？」

この空気にいたたまれなくて口を開くと、

「ここ来る途中でいい葉っぱ見つけたから」

と、先輩はポケットに手をつっこんだ。グーにして机の上に出した手を、おもむろに開く。

「ヒメシャラって木の葉っぱ」

黄緑の、筋のしっかりしている葉っぱたちが、先輩の手のひらで伸びをするように広がる。

「はい。一枚あげる」

そのうちの一枚をこちらへ差し出す桐谷先輩。以前もこんなことがあった。たしか桜の葉っぱだった。欲しいなんてひと言も言っていないのに、やっぱり先輩は変な人だ。

「……………」

……舞川さんとは、一緒じゃなかったんだ……。彼女はみんなとともに買い物に行ったんだろうか。

聞きたいけど聞けない私は、きれいな黄緑の葉の柄を持って、先輩がするみたいにクルンと回してみる。

「なんで美術室来たの？　今日」

今度は私に投げかけられた質問。先輩は葉っぱを机の上にパラパラ落として広げながら聞いてきた。

私は、葉っぱから先輩へと目を移し、

「絵が……描きたくなって」

と言った。……嘘だけど。

結果的にそうなっただけで、本当に気にしていたこととは別だった。

「ふーん」

とぎれる会話。また、風がパタパタと暗幕を揺らす音。そしてその影が、床でゆっくり踊った。

「……ついでに、スケッチ……しますか？　この前の続きの」

無理やりな話題転換だってわかっていた。先輩もそう思ったのか、一瞬目を点にしたあとで、思いきり吹き出す。

時計を見たら、バスの時間は過ぎていた。私はとっくに気付いていた。もしかしたら、最初から過ぎてしまえばいいと思っていたのかもしれなかった。

「それじゃあ……」

先輩は再度伸びをして、視線を私へと移す。

「とりあえず、お母さんと塾の先生に電話してきたら？」

「……もしもし。……沙希です。今日塾休みます。ちゃんと先生にも連絡しました。あと……、帰ったら、ちゃんと話……するから。……それじゃ」

美術準備室で携帯から電話をかけた私は、留守電にメッセージを入れて切った。めちゃくちゃ緊張してかけたから、留守電に切り替わってホッとしたような、拍子抜けしたような、複雑な気持ちだった。

でも……なんというか、こんなことができた自分に正直驚いている。さっき絵を描いたからなのか、桐谷先輩に心の声を聞いてもらったからなのか、妙に腹を括っている私がいた。

帰ってからのお母さんが怖くないかと言われれば嘘になるけれど、でも、それでも私は……、この今をきっかけにすることに決めたんだ。

「出た？　おかーさん」

美術室に戻ると、大きなスケッチブックを開きながら、先輩が聞いてきた。

「いえ、出なかったので留守電に入れました。先生にはちゃんと伝えたけど」

「そう」

顔をあげた桐谷先輩が、

「じゃあ、この前みたいに座って」

と続ける。

私は言われるままに椅子の上で体育座りをし、その合わせた膝に顔を乗せて先輩を見た。静かな、とても静かな空間に、外から聞こえる他の部活動の声や音と、先輩の鉛筆を走らせる音が響く。

先輩が私を見て、私が先輩を見る。この非日常的な状況が、前回同様、私の心にいろんな感情を流しこんでくる。嬉しいけど、苦しい。先輩は私にとっては特別だけれど、彼にとっての特別は私じゃない。

でも、それでも……好きなんだ。桐谷先輩の吸いこまれそうな目を見ながら思う。

今まで気持ちにあらがおうとか、無理に諦めようとか、そんなことばかり考えていたけれど、好きなものはやっぱり好きなんだ。そのことは、ちゃんと自分自身で認めてあげるべきなんだ。

「………………」

窓から入る風が、私の黒髪を揺らす。桐谷先輩のやわらかい髪の毛先も揺れる。空気が回る。この美術室の中で。

お母さんに対しても、桐谷先輩に対しても、その感情をないがしろにせずに、解放したり付き合ってあげたり、どんなに時間がかかってもちゃんと向きあってあげよう。そうしたら、きっと……。

「……私、やっと諦められそうです」

私は姿勢を崩さずに、口だけ開いた。

「……何を？」

「桐谷先輩を」

「…………あぁ」

ほら、私が先輩を好きだって言ったことなんて忘れていたかのような態度。でも、それが桐谷先輩らしくて、私は逆に頬が緩んだ。こちらを見ていた先輩が、またスケッチブックに視線を戻す。

「ていうか、あの同級生の男の子とデキてんでしょ？」

「あー……。ハハハ。先輩こそ仲よさそうですね、舞川さんと」

「…………」

少し間を置いてから「そうだね」と言った桐谷先輩。静かに響く、鉛筆の音。

諏訪くんとのことを勘違いされているんだったら、もうそれでもいいや。ゆっくり……ゆっくり先輩を諦めていこう。

「できた」

先輩のその言葉にパッと縄を解かれたように動いた私は、

「え！　もう？　見たい！　見たいです」

と言って立ちあがった。と思ったけれど、休憩ははさんだものの一時間前後ポーズを取っていたからか、思わずよろけて床にペタンと膝をついてしまう。

「ハ。ゆっくり立たなきゃ」

笑いながら立ちあがった先輩。私の目の前まで来て、その手が自然に差し出される。

「……どうも」

見上げた先輩は夕方の光を受けて、その陰影がまるで映画のワンシーンのように鮮明だった。先輩から見て私も、同じように見えるのだろうか。そんなことを思っていると、握られる手に力が込められて、ゆっくり上に引きあげられる。

音のない美術室。立てかけられた人物画や、棚に置かれた石膏像が、みんなこちらに注目している。

「スケッチブック……見てもいいですか？」

「ダメ」

「え？　ダメ？」

「完成してからね」

「………」

握られたままだった手が、ゆっくり離れる。くっついて一本だった手と手の影が、ハサミで切られたように別れた。

「………」

「………」

向かいあって立ったまま、時計の音がやたらと耳に響く。とぎれた会話。私は何も言えないし、桐谷先輩も何も言わない。

えっと……。最終のバスの時間まではまだあと一時間くらいあるし、スケッチが終わった今、どうすればいいんだろう。一便はやいバスで帰るべきかな。お母さんとも話をしなきゃいけないし、……うん、そうしようかな。

「あ、落ちてる」

急に先輩がしゃがんだから、「帰ります」とまさに今言おうとしていた私は、驚いて「わ」と言ってしまった。

「さっきあげた葉っぱ。……はい」

拾った先輩は立ちあがって、私の手のひらに乗せる。きれいな黄緑、肌色の上に鮮やかな存在感。

「先輩……葉っぱ好きですよね」

「うん」

ふたりきりだというのに、なんとも色気のない会話。それでも、ふたりで私の手のひらを覗きこんでいるこのひとときが、とても貴重で愛おしく思える。

「葉っぱって……」

「なんか葉脈って、透かして見たら、指を精いっぱい広げている手みたい」

先輩が何か言いかけたのと同時に喋ってしまった私は、あ、と思って先輩を見あげる。

「…………」

先輩はそのまま何も言わなかったから、私は、

「一生懸命っていうか、健気《けなげ》っていうか……なんか〝生命力！〟って感じがする」

と、言葉を続けた。

「…………」

「ハハ。想像広げすぎっていうか、ちょっとキモいですね。でも、なんか自分も元気もらえるっていうか……」

あれ？　何言ってるんだ私？　と思ってはずかしくなり、照れ隠しに頭をかく。先輩がまだ黙ったままだから、どんどん顔も赤くなって、自分がいたたまれなくなっていく。

「……同じ」

「え？」

「同じこと言うとこだった」

ふ、と空気がやわらかくなった。先輩が小さく笑ったからだった。

「……同じ？」

「うん」

そう言った先輩と、しっかりと視線が交わる。思いのほか近い距離に今さら気付き、目を合わせたまま固まる。やわらかくなったと思った空気が、また張りつめた気がした。

「…………」

「…………」

再度訪れた静寂に、身動きひとつできずに立ちすくむ。太陽を雲が隠したのか、一瞬だけ薄暗くなって、そうかと思うとまた美術室は光に包まれた。床に伸びる影の濃淡の移り変わりが、視界の隅にぼんやり映る。

……あれ？　気のせいかな？　近い……気が……する。どんどん近……。

「水島ー、平山が戻ってきたら、この鍵……おわっ！」

急に開いた美術室のドアに、私と先輩は同時にその方向を見た。町野先生が、驚いた顔でこちらを見ていた。

「びっ……くりしたー。遥もいたんか。……ってか、なんだお前ら、デキてんのか？」

先生の無駄に大きな声が響く。私は不自然に近い距離のままだということに気付き、慌てて一歩大きくうしろにさがった。

「いえ……違います。……えっと……」

バッグを手に取り、私は無理に笑顔を作ってその場を取りつくろう。取りつくろうと言っても、何もなかったんだけど。……うん、何もなかったんだ。

先輩はいつもの何を考えているのかわからない無表情で、私の挙動不審を見ている。

私は、

「帰ります。さようならっ」

と、そのまま小走りでドアまで行って、先生とすれちがいざまに会釈をしてその場から立ち去った。

靴に履き替え、校門へ行くまでに、どんどん進むペースがあがっていく。心臓が早鐘のように乱打されているのは、今、走っているからか、それとも、遅れてやってきた緊張とはずかしさか。瞬きをするたびに、さっきの桐谷先輩の近すぎる顔の残像が映っては消える。あの雰囲気とあの近さは……。

「………」

気のせいだ。気のせい。そうじゃなかったとしても、冗談だ。……冗談。

肩で息をしている私は、足を歩みに変え、ゆっくりと立ち止まった。走ったから、あっという間にバス停に着くと、ちょうど一便はやいバスが向こうからやってくるのが見えた。

ポケットに手を入れると、さっき思わず入れたヒメシャラの葉に気付く。

ふう、と息を吐いた私は、その葉に落ち着かせてもらうように優しく握り、目の前で停まったバスに乗りこんだ。

『お父さんが急に戻ってくることになったから、駅に迎えにいってくる。ご飯は食べてて』

メールに気付いたのは、帰り着く間際だった。マナーモードのままだったから、バスの振動で気付かなかった。私は、だからバタバタしていて留守電だったのか、と思いながら、家の扉を開ける。

単身赴任のお父さんが戻ってくるのは、お正月ぶりだ。あまり多く喋らない人なので、帰ってきてもお母さんがひとりで喋っている印象。

「………」

お母さんとちゃんと話すって決意した途端こうやってイレギュラーなことが起こるなんて、タイミングが悪いな。

私は鼻でため息をついて、キッチンに入り、鍋のフタを開けた。まだ少し温かそうなシチューが、ほのかに湯気をあげた。


「あら、食べてて、って言ったのに」

一時間もせずに帰ってきたお母さんは、そう言ってパタパタと三人分の食事の準備に取りかかった。お父さんは明日、知り合いのお葬式があるとのことで帰ってきたらしい。お母さんは、私が塾を休んだことには触れずに、そんな話をしながらお父さんの前に皿を並べていった。私は手伝いながら、返事と相槌だけを返した。

食事中は、お母さんがお父さんに仕事のことについて聞いたり、お姉ちゃんの様子について話したり、ほぼそんな感じで終わった。お父さんに一回だけ「沙希はどうだ？学校のほうは」と聞かれたけれど、私は「うん、まぁまぁ」と曖昧な返事をしただけだった。

「なんで、今日も休んだの？」

お母さんに冷ややかな声でそう聞かれたのは、食事を終えて、お父さんが電話で席を外したときだった。

長方形のテーブル、いつもなら向かいあって座っているけれど、お父さんがいるから横に並んで座っているお母さんは、紅茶を飲む横顔のままで私の返答を待っている。

「ちゃんと話してくれるんでしょ？」

「……うん」

高圧的な語調に委縮してしまった私は、またいつものように顔を強張らせて、次の言葉がスムーズに出てこない。そして、その沈黙を縫うように、お母さんがすかさず、

「また絵のモデル？　あの男の先輩の」

と言ってきた。

私はまたこのパターンだ、とこれからの一方的な説教の流れが容易に想像できて、いつものように諦めかけそうになる。

「……うん」

「あの子、どこかで見覚えあると思ったんだけど、桐谷医院の息子さんでしょ？」

「え？」

初耳の情報に、思わず顔をお母さんのほうへと向けた。お母さんは、ほんの少し私を見て、

「まだ小さい頃にご両親が離婚して、父子家庭で育ったんですって」

と続けた。同じ町内だから、そういう情報も耳に入るのだろう。そうだとしても、私はお母さんから聞く先輩の内情に、複雑な気持ちが胸に広がった。

「だから……何？　それが、何か関係あるの？」

「べつに何も言ってないわよ。それで、話って？　まさか、その先輩のもとで美術部を続けたいから、塾を辞めたいとでも言うの？」

「………」

少し反論じみたことを言うと、逆にお母さんにたたみかけられ、すぐに二の句が継げなくなった。私は、図星を顔で表すように、お母さんをじっと見つめる。すると、お母さんも顔をしっかりこちらに向けて、

「ダメよ」

と言った。

「お母さんの言うとおりにしたら、絶対後悔しないはずだから。あとから悔やむことほど、つらいことはないの」

「母さん。沙希に話をさせなさい」

隣同士で向きあっていた私とお母さんは、急にはさみこまれたお父さんの低い声にハッとして、そちらを見た。廊下からリビングに入る扉のところに電話を終えたお父さんが立っていて、ゆっくりこちらへ向かってきた。私とお母さんの向かいに座り、テーブルの上で指を組む。

「沙希は、どうしたいんだ?」

「あ……」

「今までどおりよ。今までどおり、ちゃんと」

「沙希の気持ちを聞いているんだから、黙っていなさい」

私とお母さんの会話をどのへんから聞いていたのかわからないけれど、お父さんは険しい表情でお母さんを見た。私は自分の気持ちを吐き出すこと以前に、急に胸がザワザワしだした。お父さんがこんな風にお母さんに言うところを見たことがなかったからだ。

横にいるお母さんを見ると、ほんの少し唇がふるえているのがわかった。……途端。

「私は私なりに沙希を大事に思ってるのよ。大人になって何かを選ぶときの選択肢や可能性を広げるために、今一番優先すべきことをさせているだけ。この子の成長に余計なものは排除してあげて、将来のために」

「余計なものかどうか、それを判断するのは母さんじゃなくて沙希だろ。それに余計かどうかはあとになってみないとわからない」

「間違いや失敗をしてからじゃ遅いのよ、中学受験だって、だからっ」

ダンッ、とテーブルにお父さんの手が打ちつけられた。私は急に始まった両親の言い争いに、何も口がはさめずに、ただ見ていることしかできない。話の中心は、私自身なのに。

「いい加減にしなさい。沙希は所有物じゃないだろ」

「何よ、あなたとの〝ちゃんと育てる〟っていう約束を実行してるだけじゃない。離れて暮らしているくせに、こんなときにだけ口をはさまないで。一番近くにいる私がこの子をちゃんと見てるのよ」

「〝ちゃんと〟ってなんだ？　自分の意のままにっていうことか？」

唇だけじゃなくて声までふるえだしたお母さんに、鋭い視線で言い返すお父さん。

お母さんは急に立ちあがって、両手をテーブルにつき、

「これ以上この子に、挫折なんてつらい目に合わせたくないのっ。私がしっかりしないといけないのっ！」

と、大きな声をあげた。最後らへんはもう、涙声だった。

「………」

私はその勢いにもだけれど、お母さんの涙に目を見開いた。初めて、お母さんが泣

いたところを見た。感動的な映画やドラマを見ても涙を見せないお母さんの頬に、今、ひと筋の涙が伝っている。

「私が、……私が……ちゃんと……」

どこか、自分を責めているかのような、逆に自分を奮い立たせているかのような、そんな印象を受ける。いつもの怖いお母さんじゃない。それどころか、なぜか小さく見える。

お父さんはお母さんを正面から見上げて、何も言わなかった。驚いているというだけじゃなくて、何かいろいろと考えているような、そんな顔だった。そこに怒りの色はもう消えていた。

気付けば、私の目に溜まっていた涙も、ポタリとテーブルにひと粒落ちていた。着替えてからもポケットに入れていた、桐谷先輩からもらった葉っぱ。それをぎゅっと握り締める。

「……お母さん……」

私の声に、お母さんは何も言わないし、こちらを向かない。両手をついて立ちあがった格好のまま、お母さんの顎に溜まった涙も、ポタリと落ちた。

「私、両立、ちゃんとするから」

「…………」

「それに、学校のこととか、勉強のこととか、部活のこととか、思ってることとか……、ちゃんと話すから……だから……」

「………………」

「失敗しても、間違っても、……自分がしたいことをする時間が欲しい」

「………………」

「……お願いします……」

ずっと認めてほしいって思っていたけれど、認めてもらう何かは……自分で決めたい。それは絵じゃないかもしれないし、まだ出会ってない何かかもしれないし、もしかしたら一周回って勉強なのかもしれない。でも、それを探すために、まずは一度自分で自由に考えたり実践したりしてみたいんだ。

……それがたぶん、今私がお母さんに一番訴えたかったことなんだ。

「ほうほう、ほれで?」

「涼子、ポッキー五本同時に口に入れないでよ」

月曜日。昼休み時間に先週の金曜日の話をすると、涼子がシリアスな顔をしながらも五本のポッキーをくわえて動かす。話しているこっちの気が抜けてしまう。

「とりあえず、週の半分は塾で、もう半分は美術部に行ってもいいってことになった。ただし」

「ただし？」

「学校と塾のテストで成績がさがったら、即、親子会議を開いて、塾と部活の比率について話し合うこと、だって」

それを聞いた涼子は、ヘラッと笑って、モグモグとポッキーを一気に頬張る。

「すごい。沙希のお母さんにしては大譲歩じゃないの？」

「うん」

少し照れくさい感じで笑った私も、ポッキーを一本口に含み、前歯でポキンと小気味よく噛んだ。

私は、もっとたくさん話をすべきだった。最初から諦めずに自分からいろいろ聞くべきだった。ぶつかる勇気とか、傷つく覚悟とか、そういうのが足りていなかったんだと、今ならわかる気がする。

「それにしても、よく言えたね。何かきっかけがあったの？」

「きっかけ……」

私の頭の中で、キャンバスに黒を吐き出したこと、桐谷先輩のこと、もらった葉っぱのことが頭に浮かんだ。たしかに、そのどれもがきっかけだったのかもしれない。

でも、そのどれもが、これだっていう決め手だったとは思えなかった。

「………」

たぶん……、お母さんがちゃんと私のことも想ってくれていたんだってわかったことが、私の背中を押してくれたような……そんな気がする。

お母さんみたいに言葉をたくさん並べたって、私みたいに黙ったままでだって、伝わっていないことがいっぱいある。私が気持ちを伝えることがヘタなのは、もしかしたらお母さんゆずりなのかもしれない。本当は、自分のまわりのたくさんの気付くべきことを、見過ごしているのかもしれない。

「涼子……この前、ごめんね」

私の突然の謝罪に一瞬きょとんとした涼子。うかがうような私の目を見て思い出したらしい涼子は、斜め上へ視線を移し、

「あー。もう忘れた、それ」

と、言ってヘタな口笛を吹いた。

「ぶ」

思わず笑ってしまうと、

「その代わり、残りちょうだい」

と言って、涼子は残りのポッキー三本をまた一気に口に入れる。そしてニカッと笑った。

次の日の放課後。トイレから美術室へ続く渡り廊下を歩きながら、今日は最後まで部活をしようと意気込む。

火曜日だから……先輩来るかな？

先週、背中を押してくれた桐谷先輩に、ちゃんとお礼と報告がしたいと思っていた。それに……やっぱり純粋に会いたいし、絵に没頭している姿も見たかった。

「あれ？」

ふと、グラウンドと体育館を仕切る並木のところを見ると、見覚えのあるかがんだうしろ姿が目に入った。

「……先輩だ」

前なら、何してるんだろう、と思うところだけど、今ならもうわかる。彼は、絵に使えそうな枝や葉っぱを探しているんだ。

私は階段を駆けおりて、先輩のもとへと急いだ。七月に入って梅雨もあがり、緑が一層濃くなっている木々の間を通り、

「桐谷先輩」

と声をかける。

「……ビックリした。水島さんか」

そう言うものの、『ビックリ』顔にはぜんぜん見えない普段の表情で振り向いた桐谷先輩。あいかわらず気だるそうに、拾った葉っぱを指でクルンと回した。

「この前、ありがとうございました。お母さんともちゃんと話をしました」

「うん」

「私、週の半分は部活できることになって」

「そう。よかったね」

そう言って、それ以上は追及してこない先輩。でも、その『よかったね』がなんだかとても嬉しくて、私は「はい」と笑顔で返した。

「美術室に行くんですか？」

「うん。ある程度調達してからね」

それが枝や葉のことだとわかった私は、

「今描いてる絵のための？」

と聞いてみる。

「そう」

桐谷先輩が今描いているる絵を思い出す。スケッチは見せてくれなかったけれど、あのきれいな青の中に私が入れるんだと思うと、嬉しいようなはずかしいような、こそばゆい気持ちになった。完成後に見せてもらうのが楽しみだ。

私に背を向けてゆっくりと立ちあがり、今度は下じゃなくて木の枝についている葉っぱを見上げる桐谷先輩。襟足にかかるやわらかそうな髪、肩甲骨がシャツ越しに浮きあがって見える広い背中に、ドキリとする。

「スランプって言ってましたけど、もう抜けました？」

何か話題を、と思ってとっさに聞いた質問。桐谷先輩は、

「あー……」

と言い、うしろ姿で返事を続けた。「どうだろうね。まだかも」と。

「なんですか、それ」

クスクス笑ってしまうと、ゆっくり振り返った先輩が、

「なんか今日、よく笑うね」

と言ってきた。急にはずかしくなった私は、「そうですか？」と言って、なんとなく髪を手櫛で整えた。

葉っぱが日光を遮ったり薄く通したりして、私と先輩に様々な濃淡の影をまだらに落とす。風がザアッと枝葉を揺らす音にまぎれて、時折、足もとでパキンと小枝を踏む音、ジャリッと小石を踏む音、サクッと草を踏む音。

急にくるりと振り返った桐谷先輩。大きめの葉っぱをこちらに見せて、嬉しそうな表情を浮かべる。

「よくない？」

「……よいと思います」

得意げな顔は、探していた虫を見つけた少年みたいだ。その顔を見たら、まるで引力でもあるかのように意識を持っていかれる。

「うらやましいです」

「何が？」

「ちゃんと、そういう〝唯一〟っていうか、確かなものを持っているから」

私の言葉に一瞬きょとんとした桐谷先輩は、「絵のこと？」と聞き返した。私は、こくりとうなずく。

「そうだね。たしかに〝唯一〟かもね」

そう言った桐谷先輩の顔が、こころなしか、少しだけさみしそうな顔にも見えたのはなぜだろうか。

「自分の一部っていうか、もう離れられないっていうか」

「なんか、一心同体の恋人とか夫婦みたいですね」

「………」

少し黙って、指先に持つ小枝に目を落とした桐谷先輩は、また「ハ」と短く笑う。

「ていうか先輩、ちゃんとした彼女、いたことあるんですか？」

「あるよ」

「あるんだ。でもぜんぜん続かなそうですね」

「そうだね」

女性関係にルーズな先輩に嫌味で言ったつもりだったけれど、普通に返事をされてとまどう。まるで私、ただの嫌な人だ。

「あ、そういえば、舞川さんとはどうな……」

「水島」

体育館の方から走り寄ってきた足音と私を呼ぶ声に、先輩も私も振り返る。

「諏訪くん」

見ると、バスケの練習着の諏訪くんが立っていた。

「どうしたの？」

「水飲んでたら、水島の姿が見えたから。今、休憩中」

「そっか……お疲れさま」

息のあがっている諏訪くんに、とりあえずそう声をかけると、諏訪くんは、

「お疲れさまじゃねーだろ、何してんだよ」

と、私の頭に緩いゲンコツをした。そして、私の斜めうしろに立っている桐谷先輩をチラリと盗み見る。

「バーカ」

ほっぺたまで緩くつままれ、私は「ちょっと、痛いって！」と、諏訪くんの腕を小突く。

サク、サク、と数歩草を踏む音が聞こえたことで、私は振り返った。桐谷先輩が校舎の方へ向かっていた。

「あ！　桐谷先輩、あのっ」

思わず呼び止めた私の声に先輩は足を止め、斜めにした顔でゆっくりこちらを振り返る。彼は微笑んでいた。でも、そのとき風がびゅうっと勢いよく吹いて、自分の黒髪が視界の邪魔をする。

「……」

手櫛で髪を整えて耳にかけてから視線を戻すと、変わらないはずの桐谷先輩の笑顔がなんとなく違って見えた。うまく説明できないけれど、お面をかぶっているような、そんな感じの……。

「今描いてるヤツ、期限までに終わらせないといけないから、今日から家で作成することするよ」

「え？」

急に言われた言葉に、私は最初何の話をしているのかわからなかった。

「たぶんそのまま夏休みに突入するし、推薦入試の判断材料として提出しないといけないから、もしかしたらそのまま戻ってこないかも、作品」

「…………」

「見せるって言ったのに、ごめんね」

「……あ……」

ショックな言葉をたたみかけられて、私は何も言えなくなった。

青がとてもきれいで、見ていたら自分もその色に吸いこまれてしまいそうなあの作品。身体を丸めて膝を抱いた私が、その一部になるはずの作品。それが……見られない？

「や……、いえ、そんな……ぜんぜん……」

心とは裏腹な返事をしながら、突然先輩が私に対して距離を置いたように感じられて、目の前が暗くなった気がした。

まるで部外者だと、そんな義理はないのだと言われているみたいだ。私が部活に出られるようになったからって、彼にはどうでもいいこと。それどころか、同じタイミングで先輩は美術室に来なくなる。三年生は一学期で部活を引退するから、夏休みが明けても……ほぼ会えない。

いつの間にか先輩はすでに立ち去っていて、うつむく私の視界には自分の靴と諏訪くんの靴だけが映っていた。

「ほらみろ。また泣きそうな顔になって」

諏訪くんの言葉が降ってきて、私はキュッと下唇を噛む。

「俺は水島のそんな顔、見たくないんだけど」

そしてまた、彼は私の頭をぐしゃぐしゃに撫でた。


翌日の放課後。

美術室で油絵の続きを描いていた私は、いまいち集中することができずにいた。昨日の出来事を引きずっていたからだ。

「……あ」

気付けばパレットの上に、濁ったグレーみたいな色を作っていた。私はすぐ、色に心を反映させてしまうらしい。

「水島ちゃん。秋の美展に向けて、何か描いてみない？」

ふいにかけられた声に顔を向けると、まり先輩だった。

「目標作ったほうが、もっと伸びるよ。今、水島ちゃんすっごくいい感じだから、素敵な作品できそう」

「あー、それ、思った俺も。キミはきっと伸びる」

まり先輩のうしろからヌッと顔を出してきたのは平山部長。すかさずまり先輩が、

「部長が言うと胡散臭《うさんくさ》い勧誘っぽく聞こえるからやめてくださいよ」

と笑った。

「あ、そうだ。持ってきました、正式な入部届け」

「おおっ！　ついに！」

出しそびれていた入部届けを部長に渡すと、彼はその場でターンした。

「あれ？」

そのとき、部屋の一番うしろ、石膏像のところにいた三年生の女の先輩の声に、みんなが振り向いた。先輩は何かを手に持っている。それは、空になっているのがわかるくらいぺったんこになった、絵の具だった。

「黒絵の具………えっと〝水島〟って書いてあるけど」

「え？」

私は名前を呼ばれたことで、先輩のもとへと向かった。その間、

「あれ？　ペインティングナイフもある。これも水島さんのみたい」

と、石膏像のうしろから汚れたナイフを取り出す。たしかに、私の名前が書かれた

シールが貼ってある。

「…………」

美術室内が一瞬で沈黙に包まれた。おそらくみんな、同じことを考えているようだった。

使い切られたぺたんこの黒絵の具。黄色っぽい絵の具で汚れているペインティングナイフ。桐谷先輩の五月にぐちゃぐちゃにされた絵が、一気に記憶の奥から手繰《たぐ》り寄せられる。

「…………」

しばしの沈黙のあと、みんなの視線は私へと移った。私は、一瞬で自分の血が凍りついたかのような気持ちになり、

「ち……違います！　私、知らない。知りませんっ」

と叫ぶ。

疑われている。そのことが、私の動悸を激しくさせ、犯人じゃないのに犯人に思われてしまいそうな反応をしてしまっている気がする。汗ばんだ手を握りしめ、「本当に違うんです」と、渇いた唇を開こうとしたそのとき。

「誰が、水島ちゃんを犯人にしようと仕立てあげたのかしら」

まり先輩が、神妙な顔で顎に手を当てて言った。

「水島ちゃん、大丈夫だよ。誰も水島ちゃんを疑ってないよ。でも、犯人がいるのは確かだわ」

まるで探偵のように前に出て眉間にしわを寄せるまり先輩に、他の部員たちもうなずく。私は力が抜けてしまって、ヘナヘナと腰を落とした。

「でも、なんで水島ちゃんの……」

そのとき、美術室の入り口のドアが開き、またすぐに閉まった。うしろ姿だけでわかったけれど、舞川さんだった。

「え？　あれ？　舞川さん、どうしたの？　なんか、すごく怒った表情で出ていったけど」

部長が目を瞬かせながら、私たちと入り口のドアを視線で往復する。

私は意味がわからないことが続いて、呆然としていた。

動揺は大きかったけれど、私は普段どおり油絵を描くことにした。なんとなくまわりが気遣ってくれて、逆に申し訳ない気持ちになりながら。

もう三十分以上経っているのに、舞川さんは美術室を出てからまだ帰ってきていない。いつも座っている席を見ると、バッグが置かれたままだった。私はなんとなく、胸騒ぎを覚えていた。

「トイレ……行ってきます」

まり先輩にそう伝えて、私は廊下へと出る。廊下から外を見ると、曇り空のせいかいつもより暗く感じた。

トイレからの帰り、みんな帰ってすでに空になっている、いくつかの教室を通りすぎた。そのひとつに人の気配を感じたような気がして覗きこもうとした瞬間、

「約束が違うじゃないですか！」

という、女子生徒の大きな声が響いた。驚いたのは声の大きさじゃなかった。声の主だった。

「……え？」

舞川さんだ。しかも、向かいあっている相手は……桐谷先輩とよく一緒にいるのを見かけた、たしか……ミサキ先輩？

私はつながりの見えないふたりに固唾を呑み、教室のドアに隠れて、そっとふたりの様子をうかがう。

「黙ってたら、沙希ちゃんに危害を加えないって言いましたよね？　だから私、ミサキ先輩が犯人だってこと……」

――え？　犯人て……。

驚いてドアを支える手に力が入ってしまった私は、ガタ、とわずかに音を立ててし

まった。その途端、ふたりが瞬時にこちらを振り向く。

「………あ」

「沙希……ちゃん」

教室内が静まりかえり、掛け時計の秒針だけがやたらと耳に響いた。舞川さんは口を押さえ、どんどん複雑そうな顔になっていく。

「水島沙希さん、お久しぶり」

沈黙を破ったのは、冷ややかな表情と声でそう言ったミサキ先輩だった。かと思うと、彼女は何が面白いのか「アハハハッ」と笑う。

「昨日も遥と楽しそうに話してたよね？」

「………」

笑っているのに、そう言って向けられた視線がとてつもなく冷たくて、私は背中に寒気が走った。

ボブでサラサラの髪を揺らし、ツカツカと私の方へ歩いてくるミサキ先輩。目の前まで来ると、彼女の身長のほうが高くて、私は少しだけ顎をあげた。

「彼女じゃないくせに彼女面して、何様なの？　あんた」

「え……？」

「言ったでしょ？　私。遥にハマるなって」

「…………」

その言葉に、私は記憶を手繰る。

『ダメだよー、遥にハマっちゃ』

「…………」

……たしか中庭あたりで桐谷先輩と葉っぱを見ていたときに言われた言葉だ……。

「遥は彼女を作らないいって言うから、私も彼氏を作らないいって決めてたの。遊び相手がいたって、その相手が遥を好きになったって、遥は執着しないし好きにはならない。だから私は、ウザがられないように一定の距離を保って、一番気を遣わない女友達を演じて、誰よりも一番近い位置を死守してきた。それをずっと続けてきた」

「…………」

「だから、私は他の子とは違うの。特別なはずなの」

ミサキ先輩ははっきりとそう断言した。きれいな顔いっぱいに自信を表して。けれども次の瞬間、その顔がほんの少しだけ歪む。

「でも、なんで私以外を優先するわけ？」

「…………」

「なんであんたなの？」

「…………」

『今日バイト休みなんだったら、一緒に遊ぼうよ』

『今ね、この人と話してんの』

『は？』

『それに、今日はこのあと絵を描くから。悪いけど他あたってよ』

『そ、そんなの……』

『〝そんなの〟がしたいの。また今度ね、ミサキ』

よみがえる会話の記憶。

ゴク……と生唾を飲んだ私は、カラカラに渇いている口を開く。

「まさか……それで？」

そんなことで？

「そんな些細なことで、って言いたい？　でも、私にとっては大きなことなの。気付けば遥の絵をグチャグチャにしてた」

「…………っ！」

私は目を見開いた。ミサキ先輩は、思い出すかのように斜め上を見ながら続ける。

「そのときあんたの黒い絵の具を盗んだんだけど、誰も怪しまないもんだからつまんなくって。昨日の腹いせもあったんだけど、ペインティングナイフと一緒に、見えるように置いてみたの」

彼女は、人さし指を唇に当てながら淡々とそう述べて、細い目をこちらへ寄こした。

その冷静さに、私は背筋が凍る。同時に、沸々と怒りが湧いてくる。

「……先輩の絵をぐちゃぐちゃにしたの、あなたなんですね？」

「何よ？　その目」

バカにしたような口調で、ふんっと鼻で笑うミサキ先輩。私は、自分の握るこぶしの爪が、手のひらに食いこむのを感じた。

「桐谷先輩と一番近い位置？　特別？　それじゃあなんで、そんなことができるんですか？」

「は？　何よ、たかが絵くらいで」

パンッ！　と乾いた音が響いた。

気付けば、ミサキ先輩の頬を平手打ちしていた。今まで一度も他人に手をあげたことがないから、衝動的にたたいてしまったことで、あとからその右手に小さなふるえがくる。

「……は？」

頬が赤くなったミサキ先輩は、信じられないものを見るような顔で私に向き直る。

「何してんの……よっ！」

そして、ドンッと私の肩を勢いよく押して突き飛ばす。ドアのところだったからその縁に思いきりぶつかり、大きな音が響いた。尻もちをついた私は、負けじと下からミサキ先輩をにらみつける。

「〝たかが絵〟なんて言わないでくださいっ！　あんなっ、あんなに、先輩がっ、あんな……」

喋りながら、声がかすれる。私は床に力なくこぶしを打ちつけ、「うぅっ……」と下唇を噛んだ。

「あんなに大事に思ってる絵をっ……作品を……っ」

悔しくて悔しくて、涙がこらえきれずに落ちた。そのまま手の甲で目をぬぐい、嗚咽を続ける。

「何泣いてるの？　バカなの？」

「ミサキ」

廊下から誰かがミサキ先輩の名を呼んだのは、彼女の振りあげた手を見て目をぎゅっとつぶった瞬間だった。目を開けると、私の頭上の先を見るミサキ先輩。そしてそれをたどって私も声がしたほうへ振り向くと、背後に桐谷先輩の姿があった。

そのうしろには舞川さん。たぶん、途中でこの教室から出て、桐谷先輩を呼びにいってくれたのかもしれない。

「あ……」

先輩は、怒ってはいない。笑ってもいない。ただじっとこちらを見ている。

「先ぱ……」

「ミサキ」

再度、桐谷先輩が彼女の名前を呼んだ。ミサキ先輩を見ると、にらんだような表情のまま、じっと桐谷先輩を見ている。

私も立ちあがったけれど、その緊迫した空気に、ただ見ていることしかできない。

「話をしよう、ちゃんと」

「嫌」

「当たるんなら俺に当たって」

「もういい」

その瞬間、ミサキ先輩が私たちの横を通って、廊下へ出ようとした。すり抜けるときに、彼女の腕が私にぶつかる。

「ミサキ」

廊下に出たところですかさず桐谷先輩が手を伸ばし、ミサキ先輩の腕をつかんだ。

「逃げるな」

しばらく抵抗を見せて逃げようとしていたミサキ先輩も、桐谷先輩が腕を握る手を強めて自分側へ寄せたことで諦めたのか、ようやく力なくうつむいた。鼻をすする音が聞こえ、桐谷先輩の胸の前で、彼女の涙がひと粒落ちたのが見えた。

「…………」

間に入る隙もない空気の中で、私と舞川さんはまるで蚊帳の外だった。さっき打ったところと胸のなかは、じんじんとその鈍い痛みを伝え続けているのに。

「水島さん」

とうとう桐谷先輩の胸に顔を埋《うず》めて泣きだしたミサキ先輩。その体勢のままの桐谷先輩が、ようやく私の名前を呼ぶ。

「…………」

先輩の顔はいつもと変わらない、何を考えているのかわからない顔。でも、私の目をしっかりと射抜いてくる。

「ごめんね」

彼の薄い唇は、短い言葉を置いていった。ミサキ先輩をなだめながら廊下を歩いていく桐谷先輩。私はそのうしろ姿を見送るだけで、結局先輩になんの言葉も返せないままだった。

「…………」

べつに、大丈夫かと聞かれたかったわけじゃない。自分の名前を先に呼ばれたかったわけでもない。ましてや、ミサキ先輩を激しく罵ってほしかったわけでもない。

彼女をなだめて落ち着かせ、当事者同士で話をする。桐谷先輩の行動は、たぶん正解なんだろう。でも、私の胸の内でだけひっきりなしに波のように襲ってきた、緊張や恐怖や憤りや悲しさ。それが潮が引くかのようにサー……ッと消えたかと思うと、そこにはどうしようもないやるせなさだけが残った。

「………」

ごめんね？　……ごめんね、って何？　なんで先輩が謝るの？　なんでミサキ先輩のことを自分がしたみたいに謝るの？

「……っ」

……違う。大事なことはそこじゃないのに。

何がこんなに私の胸を締めつけているのかわからなくなる。下唇を噛むと同時にこらえていた涙がまた落ちそうになり、私はゴシゴシと目もとをぬぐう。

舞川さんが「大丈夫？」と、心底心配している顔で覗きこんできたから、私は二回うなずいて鼻をすすった。

ひとつだけ、わかっていることがあった。

「…………」

私が桐谷先輩に近付かなければ……彼の絵がぐちゃぐちゃにされることは……なかったということ。

【7】

それから二週間が経った。

一学期末のテストは悪くなく、お母さんからのおとがめもなかった。「今回はよかったけど、気を抜かないようにね」と最後にちゃっかり言われたけれど、その表情はこころなしかやわらかかったように思う。

舞川さんからは、あのあと、ことの真相を聞いた。

あの事件があった日、舞川さんは、美術室でミサキ先輩が桐谷先輩の絵を黒絵の具とカッターナイフを使ってめちゃくちゃにしているところを目撃したらしい。舞川さんはすぐにミサキ先輩のもとに駆け寄って止めさせようとしたけれど、もうあとの祭りで、その上、『バラしたら、水島沙希をイタイ目にあわせるから』と脅されたとのことだった。その理由が桐谷先輩だと知った舞川さんは、私と桐谷先輩をなるべく遠ざけようと思ったそうだ。ミサキ先輩が犯人だって思わせないように、推薦材料の話をしたのもそのころだ。

その際、桐谷先輩からは逆に不審がられて、真実を話したこと、そして、私には言わないほうがいいと判断したことを説明してくれた。

けれども、私の黒絵の具とペインティングナイフが仕込まれたことに腹を立て、約束と違うとミサキ先輩に言いにいった。そこで、私と鉢合わせになったとのことだった。

舞川さんからは、最後に、「ごめんね」と謝られた。私を守ろうとしてくれていたのに。謝ったりお礼を言ったりすべきは私なのに。

舞川さんのことを少しだけ疑っていた私は、自分がとてつもなく浅はかではずかしい人間に思えた。


そのあとの私は、週の半分の放課後を美術部に費やした。中途半端で止まっていたビンの油絵も平山部長に教えてもらって描き終え、今度は小さな流木と造花をモチーフに描いている。

部長にもまり先輩にも色にバリエーションが出てきたと褒められ、まんざらでもない私は、オリジナルの色味を出すことに楽しみを見出していた。あっという間に帰る時間になることも多く、確かな充実感を得ることができていた。

先輩はやはり、美術室に来なかった。

絵を夢中で描いているときには頭の隅に追いやられているけれど、集中がとぎれて美術室を見渡したとき、最終のバスに揺られて人数が少なくなってきたときにふっと思い出すと、小さなため息が出た。

悲しいとか苦しいとか、そんな重々しいものではない。ただ、先輩と会わない日が続けば続くほど、心にぽっかり穴があいてしまったかのような気持ちが募る。

一緒に木の枝や葉っぱを探しにいったこと、美術室ででたらめな絵を描いたこと、バスでいろんな話をしたこと、お母さんにモデルの件で謝ってくれたこと。まるで、そんなことなんてなかったんじゃないかと思えてくるほどだった。

休み時間。廊下を歩くと、必ずどこかからか男子生徒の「暑ぃ」という声が聞こえ、教室内を見れば、女子生徒が下敷きをうちわ代わりに扇いでいる。

梅雨があがってからの気温の高さと、時間が経つはやさに驚く。明日は終業式で、明後日からは夏休みが始まる。

「あーあ。一学期中には何もなかったなー、ロマンス」

女子トイレへと向かいながら、涼子が口を尖らせる。

中野くんのクラスの前を通ったので歩きながら室内を覗くと、中野くんと是枝くんと諏訪くんがひとつの机に固まっていて、こちらに手を振ってきた。私たちは、手を振り返して通りすぎる。

「沙希は、諏訪くんとは何もないの？」

「何もないよ」

「ふーん」

涼子はなにを期待しているのか、「面白くないわねぇ」と言う。

「桐谷様とは?」

「べつに」

「美術室では会ってないの?」

「うん。作品は家で描いてるらしくて、ぜんぜん」

「校内でばったりとかは?」

「階が違うし、そんなに会うもんじゃないでしょ」

嘘。数回、遠目に見かけた。そのたびに心臓が跳ねた。こちらを見た気がしたけれど、目が合ったのか合わなかったのかわからないほどの距離。手を振るのもなんとなく気が引けたし、あちらも何もしてこなかった。

『ごめんね』

最後に交わしたあの言葉が、やっぱり私に対して距離を取ったような言葉に聞こえて、なんとなく今までどおりとはいかないような気がしていた。


翌日は終業式だった。

体育館での先生たちの長い話のあと、教室に戻ってクラスのホームルーム。それが終わると、開放感に満ちた雰囲気が一斉に教室を包んだ。明日からは夏休みだ。

午後から部活がある人たちは昼食を買いにいったり、固まってお弁当を食べ始めたり。その他にも話が盛りあがって残っている生徒がいるけれど、だいたいは足早に帰っていった。

「沙希は帰るの？」

「うん、今日はいいかな」

美術室は解放されているということだったけれど、私はなんとなく気が重くて帰ることにした。

「明日からはどうなるの？　美術部って」

「うーん、あるにはあるけど、夏期講習があるから、たまに顔を出すだけになるかも」

「おふ、頑張るね」

「毎日じゃないし、お母さんと約束してたから」

以前のままだったら、たぶん休みなくみっちり通わされることになっていただろう。今回はちゃんとお母さんと話し合って決めた。

部活があって残る涼子に手を振り、私はバス停へと向かった。

終業式だったこともあり、バスの乗車率は高かった。はやめに乗れた私はなんとかいつもの席に座れたけれど、隣にはたぶん二年生だろう女の先輩が相席。発進間近になると、ギリギリで乗車してきた生徒たちもいて、席が埋まっているために、彼らは通路に立って乗ることになった。

　バスの重たいエンジン音とともに、窓の外の景色がゆっくり動き始める。私は高校を囲む木々の緑と、いくつかの雲が浮かぶ空の青を見ながら、バスの小さな揺れに身体を任せた。

「遥はさー、夏休みどーすんの？　塾で勉強とか、学校で制作とかすんの？」

　ガヤガヤしている車内で、ふと耳に入ってきた〝遥〟との声に、私は顔をあげる。

「いや、だるいし行かない」

　すぐそばの通路に立ち、吊り革に気だるそうに体重を預けながらそう答えたのは、桐谷先輩。

「…………」

　私はものすごく驚いたけれど、顔に出さないようにしてさりげなく視線を戻す。ちゃんと見ていなかったから乗っていたことに気付かなかった。こちら側を向きながら吊り革を握っているから、あちらからもちょうど視界に入る位置だけれど、先輩は気付いているのかいないのか、横に並ぶ男友達と話を続ける。

「いいよな、推薦ほぼ確実なヤツは」

「確実じゃないよ」

「今、家で描いてんだろ？　どんな絵？」

「どんな、って……」

そう言いながら、桐谷先輩は私をぼんやりした顔で見てきた。ふっと顔をあげた私はばっちり目が合って、慌てて顔をまた窓の外へと戻す。

「説明してもわかんないだろうし、俺もうまく説明できる気がしない」

「なんだそれ」

先輩の友達の呆れたような笑い声が耳に入った。私は、先輩のあの青い絵を思い出そうとしたけれど、長く見ていないからか、うまく頭の中に映しだすことができなかった。

先輩の隣に立つ友達と、私と相席していた女の先輩が降りたバス停は偶然一緒だった。

「…………」

ぽっかりひとり分空いた席を、斜め上から見下ろす桐谷先輩。バスが動きだし、それでも立ったままで何も言わない先輩にどうしようもなく居心地が悪くなった私は、

「こんにちは……」

と、視線だけで見上げて口を開く。

「ありがと」

座っていいとはひと言も言っていないのに、すかさず隣の席に座る桐谷先輩。その半袖の腕が私の肩に当たった。

こうやってちゃんとふたりで会話するのは本当に久しぶりだからだろうか、とてつもなく緊張する。ましてや、この密着度。バスが揺れるたびに触れる肩と肩に、とてもじゃないけれど目を見て話すことができない。突っこんで聞きたいことは山ほどあるのに、なぜだか今すぐにミサキ先輩の名前を口に出すのはためらわれた。

「見たよ」

なんの前置きもなくポツリとそう言った桐谷先輩は、顎をあげて頭をシートに預ける。

「何を……ですか？」

と聞くと、

「今日先生に用事があって美術室に寄ってきたんだけど、水島さんの絵」

と返された。

「流木と造花ですか？」

「うん。まだらっぽいヤツ」

「……あぁ」

ミサキ先輩とのいざこざがあった次の日に、感情のおもむくままに描いた絵のことだ。キャンバスのうしろに小さく名前を書いて乾かしていた。

よく気付いたな……先輩。

そう思ってちょっとはずかしくなっていると、先輩は前を向いたまま、ふ、と思い出したかのように笑う。

「斬新。でも青と赤のコントラストが面白かった。混ざって黒っぽくなったところも混ざりきれずにデコボコになってるところも、なんかいびつで不器用な感じがするけど、静と動っていうかふたつの感情がせめぎあってるみたいで」

「…………」

「ちょっと、色にのまれそうになった」

言われながらどんどん照れが増してきた私は、もっとうつむきながら、「……どうも」と返す。

「はずかしい？」

「……だいぶ」

「水島さん、これをいつも俺にやってるんだよ」

そう言って、ハ、と短く笑った先輩。まるで二週間前のことなんてなかったみたいな気持ちになってしまう。

「絵は……進んでますか？」

「ちょっとずつだけどね。毎日描いてるよ、あなたを」

「………」

「難しいね、人物画は」

なにげないその言葉の数々に、いちいち胸が跳ねる。

あの二回のスケッチを見ながら、私を描いているんだ。憧れだった桐谷遥が……、今隣にいる桐谷先輩が……、毎日……毎日……。

「大丈夫？」

ふいに聞いてきた桐谷先輩に、われに返った私はコホンと咳払いをして、「何がですか？」と首をかしげる。

「ミサキとのバトル」

「……………あぁ、大丈夫ですけど」

曇った表情を作った私を見て、桐谷先輩はふっと笑う。ぜんぜん笑いごとじゃなかったのに。

「〝バトル〟って……、どこから見てたんですか？」

「水島さんがミサキをビンタしたところから」

「………」

一気にその日のことがよみがえる。突き飛ばされた痛みよりも、気持ちのほうが重くて痛くて、今もなお、それは私の中で消化不良だ。……というか、あんな場面を見られていたのも、はずかしい。はずかしすぎる。

「あの……あのあと、ミサキ先輩は……大丈夫でしたか？」

私の質問に、先輩はまた短く笑う。

「すごいね、ケンカ相手の心配ができるって」

「だって……」

たしかに痛かったし、理不尽だった。でも、ミサキ先輩も最後、苦しそうな顔をしていたから……。

「まぁ、大丈夫じゃなかったけど……。でも、ちゃんと話したよ」

「………」

ふたりのことだから、その〝ちゃんと〟っていうのが、何をどう〝ちゃんと〟話したのかわからないけれど、きっとたがいの気持ちをしっかり吐き出したんだろう。

「ミサキ先輩と……付き合うんですか？」

「まさか」

先輩は鼻で笑った。私はホッとしたあとで、この期に及んでそう思う自分を情けなく思った。

「ありがと」

ぼそっと言われた言葉に、

「何がですか？」

と答える。

「いや」

そう言ってすかさず話題を切られたから、私はあえて追及しなかった。……というか、なんとなく、……なんとなくだけど、私はわかったような気がしていた。

バスが揺れる。うしろの席の男子生徒たちが、「ハラへった～」とのんきな声で話している。私も昼食を食べてないからお腹がすいていたはずだけれど、今はまったく空腹を感じない。

「アメ、持ってる？」

「……持ってます、けど」

「ちょーだい」

バス停で一旦止まって再発進するバスの揺れに、私の肩がまた先輩に当たる。真昼の空は夕方のそれとは違って、雲がかかっているというのに明るく私たちを見下ろしている。そんな白昼下で、このバスっていう箱みたいに閉じられた空間の中、区切りのひとつに押しこめられて隣同士肩の触れあう位置にいる先輩と私。

なんだか滑稽でならない。そして、それにいちいち心拍をあげていることが、まるで無意味なことに思えてくる。

でも……。

隣の先輩からのレモン飴の匂い、時折聞こえる口の中で飴を転がす音。そのひとつひとつに、やっぱりいちいち心が反応してしまうんだ。この人のことを好きだということをまた、自覚させられるんだ。


終点で降りたのは、私と桐谷先輩と、あと三人だった。いつも桐谷先輩と乗るときにはひとつ前のバス停で降車していたから、一緒に降りることになんとなく気はずかしさと違和感がある。

空調の整えられていた車内から出ると、一気に身体が重たくなったような蒸し暑さが迎えた。

「え……と、私はこっちだから、ここで……」

私たち以外の三人がそれぞれの方向へ帰っていく中、私はさよならを言う前に自宅の方向を指さして桐谷先輩に示す。先輩が帰る三丁目は反対の方向だ。

「うん」

体半分で立ち止まり、私が指さす方向を見る先輩。バス停横の植えこみの緑が揺れる。空ではまだらな雲たちがいくぶんはやく通りすぎていく。

真昼間なのに、まわりが急に静かになった気がした。緑色の前で、私の制服と先輩のシャツの白がはためいて、目を合わせて動かないまま数秒過ぎる。ふいに美術室でふたりきりになって見つめあったあの場面がよみがえってきて、私はひとりで勝手にはずかしくなって目をそらした。

明日から……夏休みなんだ。しばらく本当に、会えなくなるんだ。

じわっとその事実が胸ににじんだ私は、「じゃあ」と言いかけた先輩を見て、とっさに「あ」と言って呼び止めていた。

「やっぱり、私、見たいです。先輩の絵」

気付けばそう口走っていた。

「今描いてる絵、完成したら見せてください」

「………」

「夏休み明けにすぐ提出しなきゃいけないなら、その前日でもいいし、なんなら途中でもいいので……」

あまり車通りの多くない道路。一台の車が通りすぎて、また静けさが戻ると、薄く笑ってる先輩がゆっくり口を開く。

「提出期限は十月だから、わりと余裕あるんだよね。家で描かなきゃいけないってわけでもなかったんだ」

「え……？」

あれ？　何を言ってるの？　意味がわからない。家で描く必要なかった、って何？　先輩がいつもに輪をかけて意味不明で、私は懸命に考えを巡らせる。

「…………」

あ……もしかしてミサキさんのことがあったから、私に危害が加えられないようにって、それで距離を置こうとして？

「あのとき、水島さんに意地悪したくなったから、嘘ついた」

「え？」

意地悪……？　てんで予想していなかった言葉に、私の頭は一瞬フリーズした。

「な……なんでですか？」

「なんでだろうね」

本当にわからないのか、それともどうでもいいのか、桐谷先輩はまた、ハ、と短く笑う。そして、

「なんかね、見せたくないんだ。水島さんには」

と言った。

なんだかとてつもなく衝撃的なことをさらりと言われて、私の足はその場に固定されたかのように硬直した。

「じゃあね」って言って三丁目のほうへ歩きだした先輩のうしろ姿。私は、その影が角を曲がるまで、身動きひとつ、瞬きひとつできずに佇んでいた。

【8】

夏休みは、今まで以上に長かった。大半は塾で、遊びといったら涼子と数回会ったことと、中野くんグループも交えて花火大会に行ったことくらい。あとはお盆に家族で田舎のおばあちゃんちに行っただけだった。

そんな中、三回くらい美術部に顔を出した。けれども、やっぱり三回とも桐谷先輩はいなかった。

『なんかね、見せたくないんだ。水島さんには』

あんなことを言われたから、私はしばらくふさぎこんでいた。きらわれてはいないと胡坐をかいていたのに、その鼻をへし折られたような気持ちになっていた。

だから、美術部に顔を出したとき、会いたい会いたくないどっちの気持ちでドキドキしていたのか自分でもわからなかったけれど、やっぱりいなかったらいなかったで、ホッとする気持ちよりも残念な気持ちのほうが大きかった。

厄介だな、と思いつつも、やっぱり私は桐谷先輩に会いたいし、彼の絵が……見たかった。

「ちょっと、ぜんぜん焼けてないじゃん、沙希」

「涼子はちょっと焼けすぎじゃない？　日焼け止め塗ったの？」

「塗ったよー。塗ってこれだよー」

涼子の無駄にデカい声が教室に響く。新学期の空気は独特で、みんな浮足立ってソワソワして見える。私も例にもれず、なんとなく気もそぞろだった。

今日は終業式と同じで午前で終わり。始業式を終え、教室で先生の二学期の話が終わると、みんなそれぞれ部活や遊びや家へと散り散りになった。私は夏休み中最後に部活に顔を出したときに借りていた油絵の本を手に、美術室に戻してから帰ろうと、階段をおりていた。

「水島」

背後から声をかけられて振り向くと、諏訪くんの姿。十数段上から軽やかにおりてくる彼も、結構焼けていた。

「祭り以来だな」

「そうだね。元気?」

「見てのとおり」

横に並んだ諏訪くんは、私に合わせて階段をおりる。

「帰るの?」

「ううん、美術室」

「ふーん。俺も部活。じゃあ途中まで」

少し遠回りになるけれど、美術室の前を通っても体育館に行くことができる。諏訪くんは首を回しながら、「あー、だりーな部活」と言いながら、階段をおりきっても私についてきた。

「あ、そうだ。来週の土曜日、暇？」

「今のとこ何もないけど。何かあるの？」

「ナカに頼まれてさ、また動物園に行ったメンバーで映画にでも行こうって」

「……それ、遠回しに私に舞川さんを誘えって言ってるの？」

「まぁ……そうだろうな」

取りとめのない世間話をしていると、美術室についた。廊下側に続く窓越しに中が見えるから、私も諏訪くんもなにげなくそちらへ目を移した。

「あ。いるじゃん、センパイ」

「…………」

先輩というワードに、私の心臓は跳ねた。すでに美術室の中にいたのは、町野先生に平山部長、まり先輩、そして桐谷先輩……。

「大丈夫なの？　水島」

「うん……」

そう言いつつ心拍数がはやまる私は、怪訝そうな顔の諏訪くんにバイバイを言って美術室のドアを開けた。

「……あ、の、こんにちは」

「こんにちはー、おつかれ、水島ちゃん」

まり先輩がにこやかに手を振る。話をしていたらしい先生と部長と桐谷先輩は、軽く挨拶を返して、また話を再開させた。

「ねぇねぇ、水島ちゃん。さっきの彼氏？」

まり先輩のからかう言葉に、私は慌てて、

「いえ、そんなんじゃ……」

と弁解する。

「またまた～」となおも続けるまり先輩。桐谷先輩たちはまだ話を続けているものの、なんとなくこの場にいづらくなった私は、

「え……と、そうだ、本を返しに来たんだった」

と独り言をわりと大きめに言って、その場を離れた。

「じゃあ私、お昼買ってきまーす」

午後も部活をするらしいまり先輩の声。他の部員たちは昼食をどこかでとってから来るのだろうか。そんなことを思いながら、私は本を返すため、そそくさと美術準備室へと入る。

「は――……」

まだ動悸がおさまらなくて、本を棚に戻した私は胸を押さえてため息をつく。そして、美術準備室を見回した。

…………ない……か。

桐谷先輩がいたから、あの途中だった絵を持ってきているかとわずかに期待してしまっていた。

見たかったな…………。

『なんかね、見せたくないんだ。水島さんには』

……あ、嫌なこと思い出しちゃった。

あがったテンションを急激にさげるその言葉に、私はそのまま棚に向かって頭を傾け、コツンとわざと当ててうなだれる。

「何してんの？」

背後からの声に、私は倒していた頭を勢いよくあげる。そのせいで棚の出っ張りに当たってしまい、「っ……」と声ならぬ声をあげた。

「なんか楽しそうだね」

「楽しくありません。痛いです」

声でわかった桐谷先輩に、頭を押さえて振り向きながら訴える。彼は美術室と準備室の間のドアに寄りかかって、私のマヌケな姿をながめていた。

夏休みが明けて初めてちゃんと見た桐谷先輩の姿。半袖の腕のほんの少し焼けた色、伸びた髪、こころなしか身長もわずかに高くなった気がする。一ヶ月半会わなかっただけなのに。

美術準備室は、美術室の三分の一の広さもないし、道具やキャンバスやデッサンモチーフや机が所せましと置かれているため、移動できる範囲は実質五畳分くらいしかない。それに薄暗く感じる。それがさっきよりも居心地の悪さを感じさせ、久しぶりで緊張するのも手伝ってか、ふたりきりだということを妙に意識してしまう。

「……お久しぶりですね」

「久しぶり」

「珍しいですよね。こんなはやい時間に」

会話をつなげようと努めていると、桐谷先輩は「あー……」と言って顎をあげ、

「先生にアドバイスをもらいに来てたとこ」

と言った。

「アドバイス?」

「スランプだから」

「え?　あ……まだ……」

思いがけない言葉に、私は先輩に向き直って止まった。

頭を軽くかいた先輩は、ふぅ、と気だるげなため息をつき、輪をかけてアンニュイな表情になる。

スランプなんて……半分冗談だと思ってた……。でも、前回スランプだと言って笑っていたときとはあきらかに違う表情に、今回は本当なんだろうとうかがえる。上手な人にしかわからないこだわりや悩みがあるのだろうか。

「十月までまだ一ヶ月もあるし、先輩のことだから……」

私が言っても慰めにもならないような言葉を並べ始めると、入り口にいた先輩は寄りかかっていた肩を壁から離し、一歩二歩と私のほうへ近付いてくる。

「きっと……」

心のなかでかなりうろたえながらも、必死に言葉を探す。目は、向かってくる先輩から離すことができない。

「大……丈夫……だと」

「ふー――ん……」

目の前まで来た先輩は、表情を変えないまま、話す私の顔を覗きこんだ。バスの中で結構密着していたこともあるというのに、次第に近付かれてこの距離というのは、どうにもこうにも照れを隠せない。私はずっと合わせていた目を不自然に泳がせ、顔もちょっと斜めにそらした。

何？　この距離。

手を拘束されてるわけでも、壁ドンされてるわけでもないのに、覗きこまれた顔だけの圧力で、まるで悪事を問い詰められているかのような気持ちになる。

十秒くらい、先輩は無言で見つめてきた。至近距離に息を吐くのもためらわれて、緊張で固まった身体を横にずらそうとしたとき、ふいに、

「あぁ、こんな顔だった」

と言われた。

「…………」

そっか……、スケッチだけじゃ細部がわからなくて、それで……こんな近くで……。

私は心臓の音を気取られるのがはずかしくて、意味もなく息を止めて顎を引く。なおも前かがみで覗きこむ姿勢を崩さない先輩に、若干背を反らせた。

「あ……あの作品……」

至近距離の沈黙にいたたまれず、結局私は乾いた声を出す。

「なんて作品名……つけるんですか？」

顔だけで私を棚に追いやっていた先輩が、私の頭上の棚の出っ張りに片手をかけた。

距離感は変わらないのに、私はたったそれだけで心臓が跳ね、瞬きがやたらと増える。

「…………〝無題〟」

そう言ったかと思うと、ゆっくりおりてきた先輩の顔。とっさにつぶった瞼《まぶた》の裏で、彼の影が色濃く落ちてきた。

「………………」

先輩が手をかけていた棚の、わずかにきしむ音。鼻先が当たったかと思ったら、唇に温度が置かれた。表面同士をゆっくりと合わせた唇と唇は、つぶった目を驚きで開けた瞬間にはもう離れていた。

また数秒、無言で向きあったまま視線を交わらせる。私は今の一瞬の出来事に固まるしかできず、かなりゆっくりと右手を持ちあげて、自分の唇を人さし指と中指でなぞった。

「あー…………、ごめん」

その瞬間、桐谷先輩が目も顔も伏せてそう言った。私は静かに離れる彼の身体に、解放されて明るくなった視界に、その言葉を何度も頭で咀嚼《そしゃく》する。

〝ごめん〟……？　また……〝ごめん〟？

「忘れて。今のなし」

「なっ……！」

私はその言葉に、目の前の先輩の胸をドンッと突き放した。

「人の気持ちをなんだと思ってるんですかっ⁉」

二歩ほどよろめいて、抑揚もなく「イタ……」と言った桐谷先輩。その平然とした態度に自分の気持ちを踏みにじられた気がして、私の目には涙が溜まる。

「おい、遥。ここ、一応先生の部屋でもあるんだけど」

ゴホン、と大きな咳払いが、まるで密封されていたかのようなふたりの空気を解いた。町野先生が準備室の入り口、さっき先輩が立っていたところで呆れたような顔をしていた。

「すみませんでした。今出ます」

私は語気を強めたままで先生にそう言って、美術室へ戻るべく先輩の横を通って足を進める。すると、先輩がすかさず私の手を引っぱった。

「あのさ」

「バスに乗り遅れるので」

そう言って振り払った手。私は、ちょっと驚いた表情の町野先生がよけてくれた入り口を通って美術室へ戻り、「あ、帰るんだ？　気をつけてね」と何も知らない平和な顔の平山部長に挨拶をして廊下へと出た。

悔しかった。泣きそうなくらい悔しかった。だから、涙がこぼれないように歯を食いしばってバス停へと向かった。

一週間、美術室には行かなかった。だから、先輩が部活に顔を出しているのかいないのかもわからなかった。

会いたくなかった。私の気持ちを知っていながら、あんな魔が差したようにキスをして、それをすぐになしにしようとした先輩に。私の気持ちをあげたりさげたり翻弄《ほんろう》して、平然としている先輩に。

きっと楽しんでるんだ。そう確信したら、今までの言動も理解できる。そこまで考えると悔しさと悲しさに押しつぶされそうで、本当に会いたくなかった。

塾がない日は、必然的にはやく家に帰ることになる。お母さんは一日目は何も言わなかったけれど、さすがにそれが何回か続くと気にかかったのか、食事を終えてから声をかけてきた。

「部活は最近休んでるの？」

食後のデザートにと桃を切って出してくれたので、私はそれをフォークでひと口食べた。瑞々しい甘さが口に広がったけれど、胸のつかえは取れない。

「……うん」

「何かあった？」

お母さんも桃を口に運んで、さらっと聞いてきた。

話題が話題なので、いろいろ話すと約束したにもかかわらず、

「ううん、べつに……」

と、そっけなく返してしまう。

今まで勉強とか家族の話ばかりだったのに、いきなり恋愛相談……しかもキスがどうのこうのとか言えるはずがなかった。

お母さんは「そう」と言って、無理には聞いてこなかった。ちょっと微妙になってしまったダイニングテーブルの空気に、私もお母さんも、黙々と桃を食べ続けるほかない。

「……まぁ、いろいろ、うまくいかないことはあるわよね」

ポツリと、お母さんがテーブルの一角を見ながら言った。私は少し驚いてしまって、視線を桃からお母さんへとあげる。

「立ち止まるのも悪いことじゃないから、ゆっくり悩みなさい」

「…………」

何度も瞬きをしていると、ちらっとこちらを見たお母さんが、「何よ?」と言った。

私は、「何も」と言った。

休み時間、いつものように話していた涼子が、ふと教室の廊下側の窓を見て手を振

った。

「舞川さんだ」

その声と同時に私もそちらを見ると、私たちの教室の入り口まで来た舞川さんが、控えめに手を振り返した。

「え？　私？　違う？　あぁ、沙希？」

身振り手振りに加えて大声で話している涼子は、

「沙希に用事だって」

と、一緒に見ていたんだからわかるだろうことをわざわざ伝えてきた。私は席を立ち、すぐに舞川さんのもとへと向かう。

「部活、来ないの？」

たがいに廊下の窓の桟に手をかけながら、軽く挨拶やら「元気だった？」を済ませると、舞川さんが私の顔をうかがうように聞いてきた。

「あー……、うん、ちょっと……」

本当は行きたい。絵を描きたい。でも、一週間前のことを思い出すと、どうしても足が美術室へは向かなかった。

桐谷先輩は、推薦課題作品の締め切りは十月だって言っていたけれど、先生の指導のもとで美術室で描いているのだろうか。それともまた持ち帰って、家で描いているのだろうか。

「三年生……来てる?」

私は、窓から見える大きな木から隣の舞川さんへと視線を移し、それとなく聞いてみる。

「うん、来てるよ。部長と桐谷先輩だけだけど。……毎日」

「毎日!?」

私は驚いて声をあげてしまった。それくらい意外なことだった。三年生と遠回しに聞いたのに、桐谷先輩のことが聞きたかったってバレバレだ。

「うん、珍しいよね。桐谷先輩が毎日来るなんて」

今度は舞川さんが窓の外へと視線を移し、大きな木の揺れる葉っぱの緑を見つめる。

そして、沈黙を作って、ちょっとだけ難しい顔をした。舞川さんの横顔を見つめ続ける私に、彼女は言おうか言うまいかためらうようなそぶりを見せたあと、

「……でも、キャンバスを家から持ってきてるわけじゃなくて、スケッチブックを開いてるの。って言っても、座ってるだけで鉛筆を持つ手は動いてなくて……」

と、心配そうな声を出す。

手が動いてない……?

「ぼーっとしてるってこと?」

「うん。パックジュース飲みながら固まってる。作品、今月中には仕上げたほうがいいみたいなんだけど、まだ完成してないって言ってたし。……なんか……ヤバそうっていうか……」

「…………」

私の中での先輩が絵を描いている姿は、子どもさながらに楽しく遊ぶように描いている姿、もしくはまわりを一切遮断して、自分の世界で没頭して描いている姿だ。手はひたすら魔法みたいに動いている。

「あのさ、沙希ちゃん。もしかして、桐谷先輩と何かあった?」

唐突な質問に、私は「えっ?」と素っ頓狂な声を出してしまった。

「えー……っと……」

「……ふ」

ふふふっと笑って、舞川さんは「わかりやすいね、沙希ちゃん」と言った。舞川さんの気持ちを知っている私は、ただのファンだと嘘をついていたことも含めてうしろめたい気持ちになる。

「私はとっくにフラれてるから、気にしないでね」

私の心を読んだのだろうか、舞川さんはすかさずそう言った。私は、「えっ!?」と声をあげる。

「沙希ちゃんに私の気持ち言ってすぐのころ。見事に玉砕」

「……そ……そうだったんだ」

信じられなかった。こんなパーフェクトな女の子の告白を、本当に断る人がいるなんて。

「だから、はやく仲直りして、そして」

「……舞川さん」

「え？」

「実は私もフラれてる」

あと出しで言うのを申し訳ないような気持ちで白状すると、舞川さんは、「ええっ!?」と言ってオーバーリアクションをした。

「なんで驚くの？」

「だって………」

驚かれたことに驚いていると、舞川さんは不可解な顔をして首をひねる。

「桐谷先輩のスケッチブック、一冊全部沙希ちゃんのデッサンなんだもん」

放課後、美術室のドアの前で立ち止まる。窓の外から中を覗くと、まだ誰も来ていなかった。私はホッとしたような、どこか拍子抜けしたような気持ちになって、ドアを開けた。

「お？」

ドアの音を聞いて美術準備室から顔を覗かせたのは、町野先生。私はまさかいると
は思わずに、驚きすぎて「わっ」と声を出してしまった。

「びっ……くり、しま、した。……こんにちは」

「おう。ていうか、水島」

「……はい」

「悪かったな、この前は邪魔して」

「…………」

その言葉に、一週間前のことを瞬時に思い出す。そうだ、先生には見られてたんだ、
私が桐谷先輩を突き飛ばすところ。…………ていうか、もしかしたらその前も。

「仲直りしたのか？　遥と」

「…………」

「まだか」

ククッと笑う町野先生。大人だからってちょっと面白がっているみたいで、いい気
はしない。

「残念だな、あいつ。今日に限って、どうしてもバイト出てこいって言われたんだと」

「……そうなんですか？」

それを聞いて、私はふっと肩の力が抜けた気がした。そのことで初めて、緊張がすごかったんだと気付いた。

べつに、舞川さんの言葉に動揺しているわけではない、と言い聞かせる。だって、桐谷先輩自身がスランプだと言っていたんだ。たまたま私がモデルになった人物画が、慣れなくてうまくいかないだけだろう。

先生はスリッパの音をパスパスさせながら、準備室から美術室の方へ移動してきた。そして、窓からの風で半分近くまできていた暗幕を、シャッと開ける。私はいつも座っている席に、静かに荷物を置いた。

「水島はさー、遥の絵、どう思う？」

ふと、町野先生は聞いてきた。私はちょっと考えたあとで、

「自由で……自己表現の塊……みたいだと、思います」

と答えた。町野先生の口角があがる。そして、なんとなく続きを催促されているような沈黙が流れたので、

「それに……なんかうまく言えないですけど、止まってるけど動いているみたいに見えます。キャンバスに収まっていても、溢れてしまってるっていうか……。引きこまれずにいられないです」

と付け加える。

「ふ」

町野先生がまた笑った。私は真剣に答えたのに。

「でも、桐谷先輩自体は、つかみどころがなくて、本当によくわからないです」

「そう？　あんなわかりやすいヤツいないと思うけど」

開け広げた窓の桟に手をかけ、運動部の様子を見ながらそう言う町野先生。私は、それは先生が大人だからだ、と思いながらも、

「先生は、ずいぶん桐谷先輩のことわかってるんですね」

と言ってみる。

「まぁ、小さいときから知ってるしな」

「え？」

意外な言葉に、私は眉をあげた。

「あいつの親父とは昔から親友で、ちょくちょく家に顔出してたから」

「…………」

知らなかった……。そんなつながりがあったなんて。

私は心底驚いて、バッグの持ち手を持ったままで固まる。

「遥の家の事情知ってる？」

「え…………と、父子家庭ってこと……ですか？」

「そう。小さいときに母親が遥を置いて出ていって、父親は医者だろ？　家にいないことが多くて、ばあさんとか叔父夫婦とかが見れるときは見てたみたい。まぁでもあのばあさん、たいして遥の相手をするでもなく、いつもブツクサブツクサ……。って、それは失言だな」

　コホン、と仕切り直した町野先生。

「それで、たまに俺と嫁とで遊びにいって、メシを一緒に食ったり、一緒に絵を描いたりしてたってわけ」

「……そう……だったんだ」

　たしかに、桐谷先輩のこと〝遥〟って呼ぶし、先輩もなんとなく親しげにしてたし……。そうか、桐谷先輩に絵を教えたのって……町野先生だったんだ。

「まぁ、家庭環境もあってか、最初から諦めてるっていうか、意欲がなくてめんどくさがりというか、子どもらしからぬ子どもだったよ。今考えると、自分が甘えたから、それが嫌で母親が出ていったとでも思ってたんだろうな。自己肯定感が低くて、自ら動いてまで欲しがらないようなヤツで」

　ゆっくりと振り返って今度は桟に体重を預け、遠い目をして語りだす町野先生。

「欲しいものを欲しいって言えない、欲しがり方を知らない人間になっちまったんだな」

「…………」

欲しがり方を……知らない人間……。

その言葉を頭のなかで繰り返し、小さい桐谷先輩を想像すると、ずきんと胸が痛んだ。

「でも、絵にだけは心を開いた」

町野先生は当時を思い返しているからだろうか、また口の端をあげる。

「いや、違うか。絵にだけしか心を開けなかったって言ったほうがいいか。そこにだけ一点集中で自分の気持ちや欲を吐き出して。最初のほうは黒っぽい絵ばっかり描いてた」

「…………」

『俺もそういう絵、描いたことあるから』

いつだったか、私が黒い絵を描いたとき、桐谷先輩はそう言った。町野先生の話を聞きながら、私はなんだか涙が出そうになってくる。

「そこからはまるで鏡みたいに、自分を絵に映し始めた。感覚も感動も感情も全部。もともとセンスはあったけど、水を得た魚みたいに楽しみだして、それがいい相乗効果で」

……でも、私がこんな深い話……聞いてもいいのだろうか。

「先生」

「何？」

「なんで……そんな深い話まで……私に話すんですか？」

「なんでって……」

町野先生はポケットに手を入れて、美術室のであろう鍵を取り出す。そして、カチャリと音をさせて右手で握る。

「遥の絵のなかに、初めて入った人間だから、キミが」

「……え？」

しっかりと私と目を合わせたあとで、町野先生はなんとなく嬉しそうな顔になった。

「初めてあいつが人間を自分の絵に入れたんだ。自分の鏡でもあり自分の世界でもある絵に」

そしてクスクス笑いだす。

「〝閉じこめたい〟っていうのはちょっといきすぎてるけど、さしずめ……」

「…………」

「〝ここにいて〟とか〝いかないで〟とかかな」

そう言いながら伸びをして、「剣道部のほうに行ってくるから、鍵、平山に渡しててて」

と言う町野先生。情報量が多くて頭の整理が追いつかない私の前を通って、入り口のドアへとスリッパをすりながら歩く。

そして、美術室を出る間際、

「あ、そういえば今度の土曜日、昼一時から遥がここに来るんだったな」

と、独り言みたいに言った。

「今描いているヤツを持って」

【9】

土曜日の学校は、平日とはまとう空気が違っていて、妙な心地がする。空は晴天、九月の午後一時過ぎはまだまだ暑くて、私はなるべく日陰を通って校舎に入った。

ようやく美術室の近くまで来て、あと一歩で窓から中が見えるところになると、今一度大きな深呼吸をして平常心を取り戻そうと努める。

「…………」

……いた。

こっそりと中から見えないように覗いた私は、桐谷先輩の姿をとらえた。キャンバスは斜め背面になっていて見えないけれど、その大きさから制作中のあの絵だということがわかる。私は思わず生唾を飲み、心臓部分を押さえた。

椅子の上、体育座りを若干開いたような格好で膝に頬杖をついている桐谷先輩。なるほど、ぼーっとしていて、手を動かしていない。表情や視線まではわからないけれど、大きなキャンバスの前で微動だにしていなかった。

町野先生の姿は見えないけれど、準備室のほうにいるのだろうか。私はそう信じ、意を決してドアに手をかける。

「…………」

中に入ると、美術室にあるあらゆるものの存在が消えた。なぜなら、頬杖をついていた桐谷先輩がしっかりと私のことを見ていて、そらすことができないくらいばっちりと目が合ってしまったからだ。

「こ」

「…………」

「……こんにちは」

「にちは」

よくわからない挨拶を交わすと、グラウンド側から野球部のかけ声が遠く聞こえて、同時に窓の外の緑が風に揺れた。

「なんで？」

当然の質問を受けた私は、

「ちょっと……ま、町野先生に用事で」

と嘘をつく。それを聞いた桐谷先輩は、

「先生ならさっきここを出ていって、一時間くらいしてから戻ってくるって」

と返した。

「え？　じゃあ、それまで先輩は……」

「うまく描けなくて見てもらいにきたから、戻ってくるまで制作」

そう言って、キャンバスに目をやった。

数メートルの距離の桐谷先輩は、いつもの気だるげな顔、少し伸びたねこっ毛。でも、いつもよりほんの少し疲れて見える。その頬にコロリと丸いふくらみができて、まるでバスで隣に座っているときのように、口の中で飴を転がす音が聞こえた気がした。

私は独り言のように、「……どうしようかな」と言って、桐谷先輩とは離れた椅子に腰をおろす。内心、とても緊張していた。会うのは、一週間半前のあのキスのとき以来だ。

「ねぇ」

「…………」

「時間あるなら、ちょっと来てくれない？」

「…………」

その声は大きな声じゃなかったけれど、私の耳にしっかりと響いた。桐谷先輩が目配せした場所は、先輩から見て斜め前の椅子。

私は、全身の感覚を手放したくなるほどの胸の高鳴りに、軽い眩暈《めまい》を感じた。一気に渇いた喉からは声を発することができずに、小さくうなずくだけした私は、言われるがままにその席まで歩き、息を静かに吐いて緊張を逃がしながら腰をおろす。

「…………」

「…………」

何も言わないまま、桐谷先輩はパレットにいくつもの絵の具を出し、絵筆を持ったかと思うと、その色たちをキャンバスに塗り始めた。それからは、目を見張る手さばき。本当にスランプだったのかと疑ってしまうほど。

塗る、というよりも、置く、とか、たたく、とか、撫でる、って言ったほうが適確かもしれない。ひとつの言葉では言い表せないような手や筆の動きに、私は目を奪われる。いつかのように音楽は聞いていないけれど、まるで何か身体の中にリズムでもあるかのように、流れるようにためらいもなく色を操っていく。

油彩絵の具の匂い。時折きしんだ音を出す先輩の座る椅子。グラウンドから定期的に聞こえるかけ声と、ボールを打つ金属音。太陽がすこしずつ傾いて、窓から入る光もそれでできる影も移ろいでゆく。

途中、何度も目が合った。そのたびにドキリとしたけれど、先輩の真剣な目を見たら、そらすことなんてできなかった。

「目、閉じて」

ふいにかけられた声で我に返った私は、まるで夢から醒めたかのように何度も瞬きをし、先輩と視線を交わらせたあとで、ゆっくり言われるがままに目を閉じた。

少しだけ開いている窓から入る風で、寄せられた暗幕がパタパタと小さな音を立てている。その音と、目を閉じながらでもわかる先輩の視線を感じながら、私は、この世界には自分と桐谷先輩しかいないんじゃないかと錯覚した。

憧れの桐谷遥が絵を描くところを間近で見ることができて、その絵の中に自分を入れてもらうことができて、この空気をこんなにも密に共有できて、彼のファンとしての私は、この上なく幸せ者なのかもしれない。

「…………」

あぁ……、でも……。

私は、むせかえりそうになるほど喉奥からせりあがってくる胸の痛みに、思わず膝の上で拳を握ってスカートにシワを寄せる。

この絵が終わったら、…………終わったら……。

「いいよ」

その声に静かに目を開けると、うっすらと張った涙の膜の向こうに、素手の人さし指で優しくキャンバスをなぞって色を置く先輩の横顔が映った。汗がひと筋伝ったその顔は、太陽の光とその影の黒に、色素の薄い髪のキラキラが映えて、それこそひとつの作品みたいだ。

まるで本当に私の皮膚に触れているかのような繊細な指の動きに視線を移し、私は先輩がこちらを向く前に自分の目もとをぬぐう。

「…………」

キャンバスからゆっくりと指を離し、ティッシュで色をぬぐい取った先輩。そのままこちらを見ずに、

「ありがと」

と言った。そして、スローモーションみたいに伏せた目をこちらへあげる。

「終わった」

「………………」

まるでふたりだけの結界が解けたかのように、緊迫した空気が緩む。けれども、私は動けなかった。私だけがその空気の余韻から解放されず、椅子に縛り付けられているかのように身動きできなかった。

絵を正面から見たいと思ったし、こんなに長く拘束されたことに先輩に文句のひとつでも言って、報酬を催促しようかとも思ったけれど、『終わった』という言葉が私の頭と心と身体を占拠していて、うまいことこの場で立ち振る舞うことができない。

「……ねぇ、水島さん」

桐谷先輩もまだ座ったままだった。自分の立てた膝で頬杖をつきながら、キャンバスをながめている。

「見る？」

その言葉に、「はい」と返そうとしたけれど、ちゃんと声にならなかった。よろけ

るように立ちあがり、座っている桐谷先輩の横に立てば、視界いっぱいのキャンバスが迎える。

「………」

圧倒された。

色彩と技法の美しさに、もう幾度感じたかわからない衝撃と感動。青の濃淡のグラデーションが密になって深みを増し、白と黄色とオレンジが泡やら飛沫やら光を複雑に連想させる。その中で目を閉じてうずくまり、安らかに眠って見える、制服姿で裸足の女性の人物画。……私……だ。

「………」

様々な青の中で眠る私は、静かな呼吸音が聞こえてくるくらい生気を宿している。まるで胎内にいるかのような、無垢《むく》でおだやかな顔。

一瞬、耳もとで水中の気泡が浮かびあがるような音を聞いた気がした。そしてまわりを涼やかな青に包まれたかのような錯覚。私は、目の前の色の侵食の気持ちよさにただただ酔いしれるほかなかった
あー……。きれいだな、先輩の絵の中の私。先輩が作りだすたくさんの色に包まれている、幸せそうな私。

「………」

あ――……。なんか……、すごい、…………すごい、嬉しい……。

「よく泣く」

次から次へと溢れ出てくる涙を手の甲で何度もぬぐっていると、隣にいる桐谷先輩がそう言った。私はその声で現実へと戻る。

「だって……」

言葉を次ぐことができない私は、頬と顎に力を入れてこらえようとするけれど、やっぱり無理だった。

「携帯、鳴ってるけど」

「え？」

気付かなかった。バッグの中から聞こえる振動音に、私は携帯を取り出して画面を見る。

「諏訪くんだ……」

メールを見て、私は顔を挙げて時計を確認した。みんなで約束していた映画の待ち合わせの二時を、時計の針は十五分過ぎていた。いつの間に、こんなに時間が過ぎていたんだろう。そろそろ先生も戻ってくる頃だ。

「行かなきゃ……」

私はもっとこの作品を見ていたい気持ちを抑えて、バッグを肩にかける。――と。

「飴」

――え？

そう聞こえたと同時につかまれた腕。気付けば桐谷先輩が、すぐそばに立っていた。

「ちょうだい」

「え……と……ないですけど、今」

カリ、と聞こえたのは飴を噛む音。その瞬間、レモンの匂い。

「ていうか、今、食べてるんじゃないですか？」

「これで最後の一個だから、買いにいくの付き合って」

「そ……」

腕をつかんでいる先輩の手に、一層力がこもった。私はわけがわからなくて、先輩の目を見たまま瞬きを繰り返す。

「行くの？」

「え？」

「彼氏のとこ」

「…………」

彼氏？　…………………あ、そうだ。諏訪くんのこと、先輩はまだ誤解して……。

そう気付くと、一歩踏みこんで目の前に来た桐谷先輩。その影に圧迫感を覚え、私のほうが無意識に半歩さがってしまった。すると膝のうしろが椅子に当たり、ペタンとそのまま腰をおろしてしまう。

　私をまん中にして、囲むように机にかけられた両手。触れられずして逃げ場を失ったこの状況に顔をあげると、間近に桐谷先輩の顔があって前髪同士が触れた。

「…………」

　私はこの前と同じ至近距離にたじろぎ、またすぐに斜め下に顔を伏せる。それでも動じずに、うつむいた私のつむじに自分の額をくっつける桐谷先輩。

　しばらくその状態が続いて、私は動悸でおかしくなりそうになった。私に顔を寄せている桐谷先輩から伝わる温度と、胸の奥底からじわじわと湧き出てくる感情に酔いそうになる。鼻の奥にツンとした痛みが生じて涙腺を刺激すれば、次第に視界が細かく割れてくる。

「…………」

　下睫毛に乗っていた玉のような涙が、こらえきれず、ひと筋の水の線を私の頬に作った。そして、覗きこむように傾けられた桐谷先輩の唇が、私の唇に重なった。

「…………」

　緩やかな一瞬の連続。一度離れたそれは、また隙間をたどるように戻ってきて、同じ角度で優しく押し当てられる。パレットが置かれた机の上に、黄色い包みが見えた。

あれは……私がいつもバスで渡していたレモンの飴の袋だ。

「……先輩は…………」

ゆっくりと解放された唇を、かすかにふるわせながら開く。

「私のことが…………好きなんですか？」

「…………」

私は、桐谷先輩の目を見た。先輩も私をじっと見ていた。美術室が静寂に包まれる。とてつもなく長く……長く感じる沈黙。

「…………飴が……」

「…………」

発せられた声は、少しだけかすれて聞こえた。

「べつに特別おいしいってわけじゃないのに、あの飴が食べたくなって。…………探して、買いだめして、夏中ずっと、食べてた」

「…………」

ゆっくりと、言葉を選ぶように伝える桐谷先輩。私は座ったままの姿勢で、彼の声と表情と言葉を取りこぼさないように聞く。

「絵も……色味がうまく出せなくて、夏休み中もぜんぜん進まなくて、毎日このキャンバスの中の水島さんとスケッチブックの中の水島さんをながめて」

「…………」

「アホみたいに見てるのにやっぱりダメで。記憶をたどって何枚も描いてみたりしたけど」

呆然としているような無表情の目の奥が、ゆらりと揺れる。

「今まで思いどおりだった絵が……ぜんぜん……」

桐谷先輩の目尻は赤みを帯びていた。頭での理解がやっと心に追いついたかのように、彼は徐々に私の腕を握る手の強さを弱めていく。

私は、初めて見るこんな桐谷先輩に、嬉しさとせつなさが同居したような、言いようのない気持ちが沸きあがるのを感じた。油断すると、ぐちゃぐちゃに泣きだしてしまいそうになる。

自惚れじゃないと信じたい。でも……。

「……こ……こんな感じのままがいいって言ってた。この関係を壊したくないって」

言いながら、唇が歪む。私は一度、フラれているんだ。

「……だって、本当に壊したくなかった」

「…………」

「恋人なんて関係、俺にとっては一番もろい。どうせ別れて、離れる」

「…………」

「だから、このままが……一番、いいことだと……」

彼は、同じクラスや部活の人に手を出す気はない、と言った。

その意味に、今ようやく気付く。大事な人ほど執着しないようにしているんだ。自分のもとから離れていかないように。

「でも…………」

つかんだままだった私の腕を、彼は力なく離した。なかば持ちあげられていた私の腕は、ゆっくりと羽のように元の位置へと戻っていく。

「…………欲しい」

まるで行動と言葉が逆だ。でも、その瞬間私の目から、ボロッと大きな涙が溢れる。

「……取られるのは……嫌なんだ」

あとからあとから涙がボロボロ落ちた涙目で、ゆっくりと先輩のキャンバスを見た。

私が……いる。彼の世界に、彼の心のなかに……。

『欲しがり方を知らない人間になっちまったんだな』

町野先生の言葉がよみがえって、私の顔は一層無様な泣き顔になった。

「私っ……彼氏、いません」

泣きすぎて、そう言ったあとでゴホゴホとむせてしまう。でも、私は歪む口にぎゅっと力を入れて、

「そしてまだ…………先輩のことが……好きです」

と続ける。

桐谷先輩の乏しい表情が、少しだけ動く。わずかに眉をあげ、二度ほど続けて瞬きをした。

「…………そっか」

そして、ゆっくりと背後の椅子に腰をおろした。ふう、と息を吐き、口を覆って机に肘をつく。

「…………」

続く沈黙に、私は今になって急に顔に熱が集まりだしてきた。涙はおさまってきたもののしゃっくりが出て、慌てて口を押さえる。

「挙動不審」

「だっ……て……」

目が合うと、先輩はふわりと笑った。たがいに座っているから、同じ目線でなおさらはずかしさが増した。そして彼は、

「じゃあとりあえず、一緒にいてくれる？」

と言った。

私には、色がなかった。

対象物の色を忠実に塗るように、この色がいいって言われたらその助言のままに塗るように、最初から諦めては楽なほうに流されていた。

でも、高校生にあがって憧れだった〝桐谷遥〟に出会って、それが一変した。

ズル休みを覚えた。めちゃくちゃな絵を描いた。お母さんに本音を伝えられた。

完璧な人なんていないんだってことを学んだ。〝きっかけ〟は、待つものじゃなくて作るものだと知った。

笑った。怒った。泣いた。

人を……好きになった。

私は自分の色を解放することで、今まで持っていなかったたくさんの色を手にすることができたし、それらの色を足して無限の色が作れることを知ったんだ。


「いる?」

夕方、バスから降りると、秋をほのかに感じさせる小さな風が、私と先輩の髪を撫でる。横に並んで歩く先輩が、ポケットに手をつっこみ、出した手をおもむろに開いた。そうしたら、手のひらいっぱいの黄色が現れる。

「一個あげる」

「え？　あれ？　さっき……最後の一個って」

「あぁ。あれ、嘘」

飄々とそう言った先輩を呆気にとられた目で見て、私はやっぱり先輩は変な人だと思った。

先輩の手のひらからひとつ飴を取りながら、初めて靴箱で話したとき、まだ先輩が桐谷遥だって知らなかったときに、欲しくもないのにもらった葉っぱを思い出す。あれは春のうららかな放課後。光の中、先輩の手のひらの中で一斉に背伸びをした桜の葉の黄緑たち。

ふふ、と笑ってしまった私に、頭上の先輩が「……不気味」とぼそりとつぶやく。彼の胸を軽くたたいて怒った顔を向ければ、からかうような、でも少し優しいような笑顔が降ってきた。

「また、美術室で」

家の前、手を振りながら先輩の姿が見えなくなるまで見送った私は、振り返って小さな照明に照らされた玄関扉を開ける。

「ただいまー」

お母さんと晩ご飯の匂いに迎えられながら、私は口の中で黄色い飴玉をころんと転がした。

あとがき

この本を手に取っていただき、また最後までお付き合いくださいまして、本当にありがとうございます。麻沢奏と申します。

この作品は、小説投稿サイトにてイアムという名前で書いていたものです。改めて読み直し、自分の納得のいく形にするため、かなり修正させていただきました。

執筆中は、自分が高校時代に美術部で油絵を描いていたということもあり、懐かしく思いながら書いていました。

美術室は、独特の匂いと石膏像とキャンバスに囲まれた、学校の中でも異空間だったことを覚えています。そして、私はその雰囲気がとても好きでした。

学生時代、いわゆる青春期と言われる年代の頃は、自分でも上手く説明や処理ができないような気持ちと、ぶつかったり歩み寄ったりする時期だと思います。

それを声や文字や絵画や音楽などで解放してあげること、ときには涙だけでもいいから、ちゃんと〝出す〟こと。過ぎてから、それらが、大人になってもままならない自分の心との付き合い方の練習になっていたんだな、と思います。

そんな当たり前ながら怠ってしまいがちなことを伝えられたらなと、若さゆえの光と影、そしてたくさんの色の可能性を表わすことができたらなと、そう思って書きました。少しでもそれが伝わり、また、登場人物の成長を感じていただけたら幸いです。

最後に、この作品を読んでくださった皆さま、担当編集者さまをはじめスターツ出版の方々、ならびにE★エブリスタの担当者さま、とても素敵な表紙を描いていただいた長乃さま、書籍化に携わってくださったすべての方々に、心から感謝申し上げます。本当にありがとうございました。

また、他作品でお目にかかれたら嬉しく思います。

麻沢　奏

この物語はフィクションです。実在の人物、団体等とは一切関係がありません。

麻沢 奏先生へのファンレターのあて先
〒104-0031　東京都中央区京橋1-3-1　八重洲口大栄ビル7F
スターツ出版(株) 書籍編集部 気付
麻沢 奏先生

放課後美術室

2016年9月28日　初版第1刷発行

著　者　　麻沢 奏　

発 行 人　　松島滋
デザイン　　西村弘美
D T P　　株式会社エストール
編　　集　　飯野理美
発 行 所　　スターツ出版株式会社
〒104-0031
東京都中央区京橋1-3-1　八重洲口大栄ビル7F
TEL　販売部　03-6202-0386（ご注文等に関するお問い合わせ）
URL　http://starts-pub.jp/
印 刷 所　　大日本印刷株式会社

Printed in Japan

ISBN　978-4-8137-0153-8　C0193

スターツ出版文庫　好評発売中!!

『きみと、もう一度』　櫻《さくら》いいよ・著

20歳の大学生・千夏には、付き合って1年半になる恋人・幸登がいるが、最近はすれ違ってばかり。それは千夏がいまだ拭い去れないワダカマリ——中学時代の初恋相手・今坂への想いを告げられなかったせい。そんな折、当時の親友から同窓会の知らせが届く。報われなかった恋に時が止まったままの千夏は再会すべきか苦悶するが、ある日、信じがたい出来事が起こってしまい…。切ない想いが交錯する珠玉のラブストーリー。

ISBN978-4-8137-0142-2 ／ 定価：本体550円＋税

『あの日のきみを今も憶えている』　苑《その》水《み》真《ま》芽《ち》・著

高２の陽鶴は、親友の美月を交通事故で失ってしまう。悲嘆に暮れる陽鶴だったが、なぜか自分にだけは美月の霊が見え、体に憑依させることができると気づく。美月のこの世への心残りをなくすため、恋人の園田と再会させる陽鶴。しかし、自分の体を貸し、彼とデートを重ねる陽鶴には、胸の奥にずっと秘めていたある想いがあった。その想いが溢れたとき、彼女に訪れる運命とは——。切ない想いに感涙！

ISBN978-4-8137-0141-5 ／ 定価：本体600円＋税

『一瞬の永遠を、きみと』　沖《おき》田《た》円《えん》・著

絶望の中、高１の夏海は、夏休みの学校の屋上でひとり命を絶とうとしていた。そこへ不意に現れた見知らぬ少年・朗。「今ここで死んだつもりで、少しの間だけおまえの命、おれにくれない？」——彼が一体何者かもわからぬまま、ふたりは遠い海をめざし、自転車を走らせる。朗と過ごす一瞬一瞬に、夏海は希望を見つけ始め、次第に互いが“生きる意味”となるが…。ふたりを襲う切ない運命に、心震わせ涙が溢れ出す！

ISBN978-4-8137-0129-3 ／ 定価：本体540円＋税

『あの花が咲く丘で､君とまた出会えたら。』　汐《しお》見《み》夏《なつ》衛《え》・著

親や学校、すべてにイライラした毎日を送る中２の百合。母親とケンカをして家を飛び出し、目をさますとそこは70年前、戦時中の日本だった。偶然通りかかった彰に助けられ、彼と過ごす日々の中、百合は彰の誠実さと優しさに惹かれていく。しかし、彼は特攻隊員で、ほどなく命を懸けて戦地に飛び立つ運命だった——。のちに百合は、期せずして彰の本当の想いを知る…。涙なくしては読めない、怒濤のラストは圧巻！

ISBN978-4-8137-0130-9 ／ 定価：本体560円＋税

書店店頭にご希望の本がない場合は、
書店にてご注文いただけます。